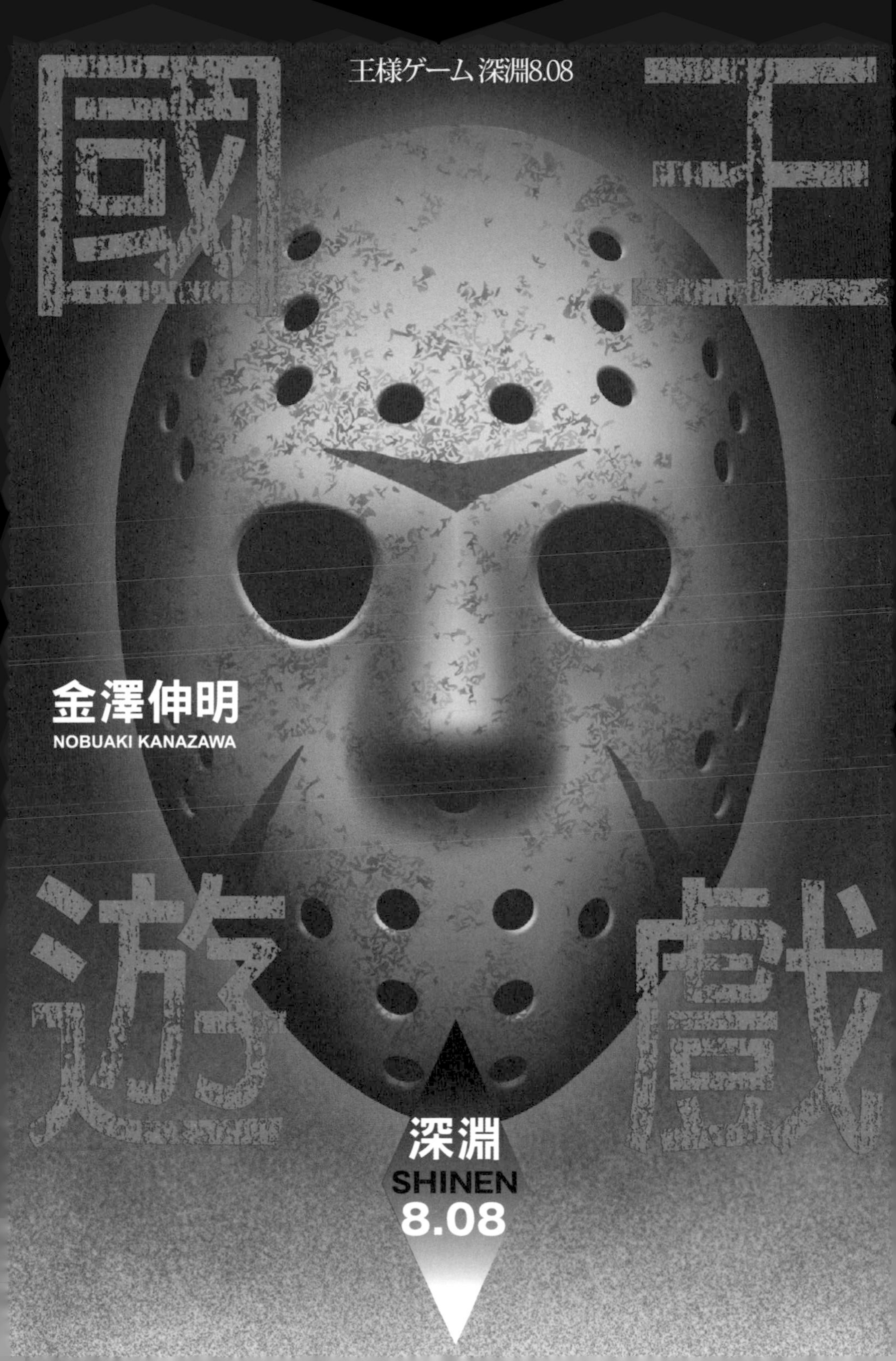

國王
王様ゲーム 深淵8.08
金澤伸明
NOBUAKI KANAZAWA
遊戲
深淵
SHINEN
8.08

國王遊戲 深淵

8.08

國王遊戲 深淵 8.08 ◆目次◆

高中生

◇日本人

（男生）

天海翔真（Amami Shoma）
城之崎克也（Kinosaki Katsuya）
坂本秋雄（Sakamoto Akio）
~~篠原裕一郎（Shinohara Yuichirou）~~
~~藤川涼太（Fujikawa Ryota）~~
吉村悠人（Yoshimura yuto）

（女生）

小松崎美佳（Komatsuzaki Mika）
神內愛理（Jinnai Airi）
鈴森萌華（Suzumori Moena）
立花雪菜（Tachibana Yukina）
高橋理緒（Takahashi Rio）
~~宮川百合（Miyakawa Yuri）~~

◇台灣人

（男生）

王海峰
張龍義
~~李志強~~
林永明
楊邦友

（女生）

胡海音
~~吳明珠~~
黃若英
白志玲
葉佳玲

◇韓國人

（男生）

金古漢（Kim Guhan）
~~申甘和（Sin Ganho）~~
徐竹諾（Seo Jyuno）
張東河（Jang Tonha）
~~劉宣玄（Ryu Seonhyeon）~~

（女生）

~~林允娜（Im Yuna）~~
~~簡允錦（Gan Yunjin）~~
宋勤席（Song Jinshiru）
~~韓芮琴（Han Yejin）~~
~~尹美麗（Yun Miri）~~

成年人

◇教師

~~崔吾燕（Choe Muyeon）~~
~~鳴海佐緒里（Narumi Saori）~~
顏建成
谷美美

◇廚師

~~謝英傑~~

◇工友

~~沈土水~~
~~陳花妹~~

命令6

【8月8日（星期五）午夜12點0分】

【8／8星期五00：00　寄件者：國王　主旨：國王遊戲　本文：這是紅島上所有人都必須參加的國王遊戲。國王的命令絕對要在時限內達成。※不允許中途棄權。※命令6：坂本秋雄必須殺死一個人，不服從命令的話，小松崎美佳就要接受懲罰。　END】

「這、這個命令是……」

翔真半張著嘴，抬起臉來。

秋雄和美佳就站在他的面前。

兩人像銅像一樣毫無動靜，眼睛直盯著手機的螢幕看。

「拜託！這種命令要怎麼完成？」

東河來回地看著秋雄和美佳。

「秋雄不殺死一個人的話，美佳就會死啊。」

聽到東河這麼說，秋雄和美佳不由得打了個哆嗦。

海浪拍打岸邊的聲音，夾雜著秋雄混亂的喘息聲。

在皎潔的月光下，可以看見翔真懊惱的表情。

——這是什麼命令。秋雄和美佳是男女朋友，為什麼國王會下這樣的命令？

冷汗從翔真的臉頰滑落。

位於台灣西南方數公里外的這座紅島，自從被捲入國王遊戲以來，已經過了6天。原本島上的43個人死了23人，現在只剩下包括翔真在內的20名高中生。

還活著的男生是翔真、秋雄、邦友、克也、悠人、東河、竹諾、古漢、海峰、龍義、永明11人。

女生是愛理、美佳、理緒、雪菜、若英、海音、志玲、萌華、勤席9人。

——國王不採納龍義的建議，決定繼續進行國王遊戲。只剩下20個人而已，難道國王認為繼續殺人也不會被揭發嗎？或者，打從一開始就要跟大家同歸於盡？

岸邊濺起的浪花，打濕了翔真的運動鞋。

一旁的邦友張開緊閉著的嘴唇說：

「不出所料，國王遊戲還是要繼續進行。」

「不出所料？」

對於翔真的疑問，邦友點頭回應。

「龍義的提議其實很不錯，因為只要沒有新的命令下來，警方就會認定國王死於國王遊戲之中，可是國王顯然不在乎這件事。」

「國王不怕自己也會死嗎……」

「也許他有自信，就算國王的嫌疑人變少了，自己也不會被揭穿。而且這次的命令，只有一個人會受罰而已。」

邦友瞄了秋雄一眼。

秋雄直楞楞地盯著手機螢幕，臉上看不出任何表情，就像個假人一樣。

翔真緊閉雙唇，不知道該說些什麼。邦友和東河也不發一語地看著秋雄和美佳。

幾分鐘後，秋雄終於開口說話。

「……翔真，你願意幫我嗎？」

「幫你？」

「你應該知道我並不想殺你，還有目前人不在這裡的若英。可是，其他人的話我就……」

「秋雄……難道你想……」

「沒錯。除了你們之外，我想殺一個人。」

秋雄的聲音聽起來陰暗又低沉。

「這個命令我非達成不可！無論如何！」

「可是……你想殺誰？」

「當然，我不打算殺正人君子。我的目標是有國王的嫌疑，而且立場和我們敵對的人。」

「和我們敵對的人？」

「沒錯。悠人在骰子裡動手腳，用這種方式殺死了志強。理緒也把你推落井底，打算殺了你。永明殺了芮琴，儘管他是用抽籤的方式，但是這幾個人都是危險分子。海峰、克也和古漢也是，為了達成命令，一樣會毫不猶豫地殺死我們。所以，我們要先下為強。」

「不要！」

美佳突然大喊。

她拼命搖頭，俏麗的短髮拍打著蒼白的雙頰，那對單薄的嘴唇也不由自主地顫抖。

「我不想聽你說要殺誰！」
「妳在說什麼？美佳。」
秋雄抓著美佳的肩膀。
「我不殺人，妳就會死啊。」
「就算是這樣，我也無所謂。」
「別說傻話了！難道妳不想活嗎？」
「不是我不想活，而是我不要秋雄你殺人！」
豆大的淚水從美佳的眼眶裡滑了下來。
「你是我最喜歡的人，我不要你變成殺人犯。」
「美佳……」
秋雄將美佳緊緊擁入懷中。
「……為什麼……為什麼國王要下這樣的命令！」
秋雄發出痛苦的吶喊，仰頭望向天空。
「我也不想殺人。可是……為了美佳……我必須殺一個人才行。至少讓我殺了有國王嫌疑的人……」
「夠了……不要再說了。」
美佳哭喊著。
「我寧願死在這裡。秋雄，請你答應我最後一個請求好嗎？」

「請求？」

「在受懲罰之前，我想和秋雄在一起。」

「……妳真的決定了嗎？美佳。」

「嗯。能和秋雄一起度過最後的24個小時，對現在的我而言是最幸福的事。」

美佳拭去眼眶裡的淚水，微笑著。

【8月8日（星期五）凌晨1點13分】

翔真、邦友和東河回到研習營中心，發現克也正在客廳休息。克也一面把染成金色的頭髮往後撥，一面朝翔真他們走來。

「喂，翔真。秋雄人在哪裡？」

「你問這個要做什麼？」

聽到翔真這麼問，克也嘖了一聲。

「你應該知道這次的命令了吧，我們必須提防秋雄啊。」

「……如果是這件事，那你大可以放心，秋雄不會殺任何人的。」

「不會殺任何人？」

「是的，因為美佳不允許秋雄殺人。所以，你不用費心去提防秋雄了。」

翔真緊皺著眉頭說。

「還有，秋雄和美佳不會再回來這裡了。」

「不回來這裡？那他們要去哪裡？」

「在西岸的燈塔附近有一間廢棄的空屋，他們說要一起待在那裡。」

「……我信不過他們。」

「喂，克也！」

翔真加大了音量說。

「是美佳自己親口說，她願意接受國王遊戲的懲罰！這樣你還懷疑嗎？」
「當然。因為可能會殺我們的人是秋雄，而且他聽到美佳那麼說，一定更想要殺我們。」
「為什麼這麼說？」
「寧願自己受罰，也不要自己的男朋友殺人。秋雄可能讓這麼善良的美佳受懲罰嗎？也許現在他還能保持理智，但是隨著時間逼近，他還是會想殺我們的。」
「你說這什麼話！」
「不能完全排除這種可能性吧。」
克也摸著耳朵的銀色耳環，不耐煩地咋舌。
「等等，搞不好你也在騙人，秋雄是不是躲在附近等著偷襲我。」
「連我你懷疑嗎？」
「你、邦友和東河都是秋雄的好友，為了救他，你們有可能會聯手對付其他人。既然國王遊戲確定會繼續玩下去，那麼，同夥越多對自己越有利不是嗎？」
克也朝翔真背後的邦友和東河瞥了一眼說。
「總之，這次的命令只要提防你們幾個和秋雄，應該就沒問題了。換個角度想，這個命令還算輕鬆。」
「輕鬆？」
「不要這麼衝嘛，翔真。在這種情況下，誰不是只顧自己活命呢。老實說，秋雄想殺誰我都沒意見，只要不殺我就行了。」

「克也……」

翔真用沙啞的聲音說。

此時，若英突然出現在走廊的另一端。她朝翔真這邊走來，兩邊的馬尾跟著左右擺動。

「翔真，秋雄和美佳人呢？」

「在燈塔附近的廢棄空屋裡，他們兩人決定要獨處。」

「啊……」

若英的表情瞬間轉為黯淡。大概是猜到秋雄不殺人的決定吧。

「這樣的話，美佳就會受到國王遊戲的懲罰……」

「是美佳自願的。她不希望自己的男朋友變成殺人犯。」

「……難道，沒有別的辦法可以救美佳了嗎？」

若英這麼問。翔真緊閉著嘴唇不發一語。

——如果秋雄不殺人，美佳就只能接受懲罰了，而美佳自己也希望這樣。所以可以確定，美佳會在這次的命令中死去。

翔真被推進井裡差點死掉的時候，救他一命的人就是美佳和邦友。一想到自己的恩人快要死去，而自己卻無能為力，就讓翔真感到憤怒。

——真的沒有辦法可以救自己的好朋友了嗎？

【8月8日（星期五）凌晨2點11分】

紅島館的第1會議室裡面，翔真和其他人正在開會。

「照你這麼說的話，秋雄並不打算殺我們囉？」

永明帶著極度懷疑的眼神看著翔真質問。被國王遊戲折磨了這麼多天下來，永明的臉頰已經有些凹陷，露在T恤外面的手臂也瘦了一圈。

「嗯。因為他女朋友美佳不要他殺人，所以秋雄應該是無法達成國王的命令了。」

翔真坐在椅子上，張開乾澀的嘴唇說。

「所以，在這次命令中只有美佳會死。」

「……如果是這樣，那我們就可以放心了。」

「在這種情況下，還能放心嗎？」

理緒從椅子上站起，雙手拍在面前的長桌上。

「的確，要是秋雄決定不殺人，我們就不會死。但是下一道命令該怎麼辦？國王並不採納龍義的意見啊。」

站在白板前的龍義楞了一下。眼鏡後方的那對眼睛充滿了血絲，雙手握拳，不停地顫抖。

「……怎麼會這樣？難道國王不怕自己被捕嗎？」

「也許，國王根本不在乎自己的死活。」

理緒雙臂交叉，眼睛來回看著第1會議室裡的所有人。

「如果翔真說的是真的，那麼在這次的命令中只有美佳一個人會死。換句話說，剩下的19個人都是國王嫌疑人。」

「這太離譜了！」

龍義按捺不住性子說。

「國王至今還不肯現身，繼續玩下去的話，不是跟自殺沒兩樣嗎？而且除了台灣之外，日本和韓國的警方也都會出動，國王絕對逃不了。無論如何，不能再讓國王發出新的命令了。」

「沒用的。」

站在窗戶旁邊的海峰打斷了龍義的話。

「看樣子，國王似乎打算繼續殺人，所以下一道命令還是會再來的。」

會議室裡所有人的視線都集中在海峰身上。海峰原本就細長的眼睛瞇得更細了，同時張開工整的雙唇說：

「從這次的命令來判斷，國王絕對是我們其中之一。因為他知道秋雄和美佳是一對戀人。」

「這麼說……」

「沒錯，國王是我們其中一人。」

這句話讓周圍的空氣瞬間凝結。每個人都一臉警戒，眼珠不安地左右移動。

翔真也感覺到自己的心跳正在加速。

——海峰說得沒錯。國王極有可能就在我們這些人之中，而且就在這間會議室裡面。

眼前的海峰穿著黑色的T恤搭配牛仔褲，打扮和其他人沒什麼不同。但是他長得帥，腿又長，所以同樣的衣服穿在他身上，看起來就像雜誌上的模特兒。

——我覺得，海峰是國王的可能性很低。的確，他這個人行事作風過於冷靜，殺起人毫不手軟，然而他是人稱台灣國寶的天之驕子，沒有理由搞什麼國王遊戲。如果從這點來看的話……。

翔真的視線移到把腿放在長桌上的古漢。古漢的嘴角帶著微笑，手摸著右臉頰上的傷疤。會議室裡的人都對眼前的狀況感到惶惶不安，唯獨古漢完全不是那麼回事。

——比起海峰，古漢攻擊性強，天不怕地不怕。儘管如此，卻也不像是國王。如果他是連續殺人魔，應該也是直接動手的那一型。

「喂，海峰。」

志玲從椅子上站起來，往海峰走去。烏黑誘人的黑髮在她的背上輕輕地搖晃著，那雙露在牛仔短褲下的美腿就像模特兒一樣修長。

志玲張開塗了口紅的雙唇說：

「海峰，你認為誰是國王？」

「要是我知道的話早就把他監禁起來，逼他解除國王遊戲了。」

「原來台灣國寶也有不知道的事啊！」

「國王應該是透過藏起來的智慧型手機，遙控有奈米女王程式的電腦，傳送簡訊給我們，所以和一般的殺人案件不同，不在場證明是沒有意義的。警方對這種網路犯罪比較熟悉，只要花一些時間應該就能查出誰是國王。」

「照你這麼說的話，我們根本就找不出國王！」

志玲挑起勻稱的雙眉說。

「難道，真的沒有辦法讓國王遊戲終止嗎？」

「……只好把有國王嫌疑的人監禁起來了。」

「監禁？」

「是的。國王會因應狀況的改變，調整命令的內容。所以，只要經過身體檢查之後把人監禁起來，國王就沒有機會傳送命令了。」

「這個主意不錯。就這麼辦，先把悠人監禁起來。」

「等一下！」

悠人連忙揮動雙手抗議。

「你們還在懷疑我是國王嗎？」

「我的確懷疑你是國王。誰叫你要詐殺了志強。」

「我不是說了嗎？那是為了減少國王嫌疑人的數量啊。」

悠人鼓起雙頰說。那張中性化的臉龐，看起來就像個孩子。

「說起國王的嫌疑人，比我可疑的大有人在呢。」

「喔？你說，是哪幾個？」

「嫌疑最大的當然就是竹諾。」

悠人指著站在會議室門前的一名清瘦少年說道。

「竹諾對電腦很在行，國王不也是電腦高手嗎？」

「我才不是國王咧！」

竹諾細長的雙手在長桌上重重拍下。

「現在的奈米女王程式，即使是不懂電腦的人一樣可以操作。這是我從網路上看到的訊息。所以懂不懂電腦，根本不能作為懷疑的根據。」

「不，我會懷疑你不是因為奈米女王程式，而是被國王殺死的佐緒里老師。」

「佐緒里老師？」

「嗯。佐緒里老師原本打算把凱爾德病毒和奈米女王程式賣給恐怖組織對吧？可是，為什麼國王會知道這件事呢？」

悠人像是在問現場所有人一樣。

「於是我就在想，國王可能透過某種手段偷看到佐緒里老師的郵件，所以才決定要在紅島進行國王遊戲。說得更明白點，國王本身具有可以入侵佐緒里老師郵件的專業知識。」

「或許吧。但是，偷看電腦或是智慧型手機上面的郵件並不是很困難的事。現在很多程式和APP都有這種功能。就算不使用這些程式，只要知道密碼的話，誰都可以偷看他人的郵件啊！」

竹諾額頭上冒出的汗珠，在燈光下閃閃發光。

「總之，只因為精通電腦這件事就懷疑我是國王，實在很令人生氣。」

看到竹諾焦急的模樣，翔真想起美美老師說過的話。

——竹諾小時候曾經殺死小動物，這好像是連續殺人魔的特徵之一。從這點來看，竹諾有可能是國王。

「既然這樣，那就兩個人都監禁起來。」

海音用她那像少年般的嗓音說。翔真的視線移向了海音。海音是個身材高挑，曲線窈窕的女生。因為留著一頭短髮，五官又帥氣，看起來就像個小帥哥。

海音那對細長的眼睛，在悠人和竹諾之間來回地游移。

「悠人和竹諾，你們知道為什麼大家會懷疑你們是國王了吧？若是不服氣，就讓時間證明你們不是國王吧。」

「證明？」

竹諾看著海音說。

「妳的意思是，監禁我和悠人，看看國王遊戲的命令還會不會來是嗎？」

「嗯。如果我們之後又收到新的命令，就證明兩位不是國王。這對你們來說，並不是壞事。」

「這……這麼說也是有道理……」

「悠人你呢？把你懷疑的竹諾也一起監禁起來，這樣你就沒有意見了吧？」

「嗯……」

悠人發出低吟，用拳頭咚咚地敲著自己的頭。

「就這麼決定了。那麼，該把你們監禁在哪個房間呢……」

「等一下。」

龍義突然舉手。

「既然要監禁，我還想提另外一個人。」

「另外一個人？」

「是的。我懷疑邦友是國王。」

龍義此言一出，大家的視線全部集中在翔真旁邊的邦友身上。

邦友皺起眉頭，嘆了口氣說：

「龍義，你之所以會懷疑我是國王，是因為我寫的那篇論文嗎？」

「……沒錯。」

龍義直截了當地回答。

「你在高中生論文比賽中，寫了一篇關於凱爾德病毒的文章，而且得到極高的評價。因為對凱爾德病毒描述得鉅細靡遺，已經超出了高中生的程度。」

第1會議室裡引起了騷動。

「喂，龍義，你說的是真的嗎？」

「是的。在網路上很快就可以查到。」

龍義回答完克也的疑問後，又繼續說。

「邦友，我想你也知道為什麼我會懷疑你。所以請你和悠人、竹諾一起被監禁吧。」

「……好啊。」

「喂，邦友。」
翔真抓住邦友的肩膀說。
「你不是國王，卻要受到監視，這樣你無所謂嗎？」
「這是向大家證明我不是國王的機會，我願意被監禁。」
邦友的視線從翔真移到龍義身上。
「可是，監禁的時間到明天……不，到今天午夜12點可以嗎？」
「一直被監禁，對你而言有什麼不方便嗎？」
「我很清楚自己不是國王。我不知道悠人和竹諾心裡怎麼想，但是如果國王另有其人，那麼命令一定還會再來，要是到時候我們還受到監禁，說不定就無法達成新命令了。」
「啊、說得也是。」
悠人頻頻點頭附和。
「說不定，新命令對於受到監禁的我們非常不利。所以，我也不希望自己被監禁在房間裡。至少門不要上鎖，讓我們可以自由進出。」
「那樣還叫監禁嗎？」
龍義眼鏡後方的眼睛閃過一道光芒。
「讓你們自由進出的話，那還有什麼意義？說不定你們會趁機跑去藏手機的地方，偷偷傳送簡訊。」
「只要在離開房間的時候跟監我們就行了，我們會盡量不要外出。」

「……好吧。以我們的立場，只要確定你們不是國王就好了。」

「我知道自己不是國王。如果竹諾或邦友其中之一是國王那就好了，這樣新的命令就不會再來，國王遊戲也能結束了。皆大歡喜的結局。」

「拜託，都死了20幾個人。就算國王遊戲結束，也不能說是皆大歡喜的結局吧。」

「哈哈哈，說得也是。」

悠人發出高分貝的笑聲，吐了吐舌頭。

【8月8日（星期五）下午4點25分】

翔真從階梯爬上2樓，在走廊看到了永明。他坐在房間門口前的椅子上，腳邊有幾罐瓶裝水倒在地上。

看到翔真走過來，永明也從椅子上站起來。

「翔真，你是來看邦友的嗎？」

「……是啊。我可以進去看吧，反正門又沒上鎖。」

「嗯。不過你等一下再來吧，邦友在睡覺。」

「睡覺？」

「一定是累壞了。我剛才進去看過，他在睡覺。」

「那竹諾和悠人呢？」

「他們去沖澡了，龍義和克也負責監視他們。」

「是嗎……」

看到翔真失望地盯著門，永明張開單薄的嘴唇說：

「翔真，為什麼你相信邦友是無辜的？」

「為什麼？」

「你在第1會議室裡不是說過嗎？你說邦友不是國王。」

「喔，是啊。我聽邦友提過論文的事。如果邦友是國王，根本不可能救我，然而他卻救了我好幾次。如果他是連續殺人魔，照理說，應該會希望我死掉才對。」

「只因為這樣，你就相信邦友嗎？」

永明不敢置信地看著翔真。

「你太單純了吧。就算邦友是國王，你也不會被殺的。」

「為什麼你這麼肯定？」

「因為邦友必須搞小圈圈啊。」

「小圈圈？」

「嗯。老實說，像你這種老實人對國王而言最有利用價值。單純、有正義感、想要保護同伴的意志力堅強。能夠拉攏到你這種人，國王就不用擔心自己會被殺，可以放心享受他的國王遊戲。」

「享受……」

翔真聲音變得有些沙啞。

「翔真，我認為你並不是國王。當然，我也不是百分之百確定。但至少你的個性不像國王，東河也一樣。那傢伙滿腦子只有女人和食物，不過邦友就有可能。他那麼聰明，而且又有你這個重義氣的朋友。我認為，這一切都是他的算計。」

「不！邦友不是國王！」

「那是你強迫自己這麼想而已。」

永明聳聳肩說。

「也許這次的監視作戰，可以讓國王遊戲結束。如果邦友、竹諾、悠人其中之一是國王的話……」

「竹諾或是悠人可能是國王嗎……」

「咦？你該不會也認為，他們兩個不是吧？」

「……老實說我也不知道。竹諾和悠人雖然陰陽怪氣，但是我希望他們不是國王。」

「希望不是？可是，如果他們不是國王的話，就表示沒有受到監視的我們，其中有人是國王了。」

「也許是另有其人……」

聽到翔真這樣喃喃自語，永明把眼睛瞇得只剩一條縫。

「翔真……你是不是懷疑我是國王？我只是用抽籤的方式殺了芮琴，並不像悠人那樣非置人於死地不可喔。」

「是嗎？可是，你在挑選要受罰的女生時似乎很開心，還命令那些女生脫掉衣服喔。」

「我承認那時候我的確是玩過頭了，所以現在很多女生都很討厭我。」

永明伸手摸摸前額的瀏海說。

「在這樣的情況下，你要懷疑我，我也沒辦法。只是我希望你不要沒有證據就把我當國王看。我可不希望因為這樣被殺死。」

「就算你是國王我也不會殺你。只會把你抓起來，不讓你繼續發出新命令。」

「嗄？你這麼輕易就原諒國王了？」

「我可沒有說原諒喔。只是，能夠制裁國王的人不是我。」

「……說得也是。國王就算沒被我們殺死，但是只要被捕，也是會被判死刑的。即使是未成年也一樣。」

永明一面說，一面以銳利的眼神看著監禁邦友的那個房間的門。

來到1樓，翔真看到海音和雪菜兩人正好站在浴室前面。

「啊！」

雪菜甩著及肩的褐色頭髮，朝翔真跑過來。

「翔真，我們去散步吧。」

「散步？妳不是正在和海音說話嗎？」

「也沒聊什麼重要的事，陪我去嘛。」

雪菜拉起翔真的手，硬是要把他帶走。

「好好好，我去就是，不要那麼急啊。」

翔真回頭往後看，海音也正在看著他。那似乎帶著敵意的眼神，令翔真感到錯愕。

翔真和雪菜沿著通往海岸邊的公路走著。此時，周圍的景色已經蒙上一片橘紅色，路樹也被海風吹得左搖右擺。

「幸好你救了我，翔真。」

雪菜撥了撥被海風吹亂的頭髮，張開淡粉紅色的嘴唇說。

「我救了妳？發生什麼事了嗎？」

「嗯，海音找我加入她的小組。」

「小組？」

「對啊。她正在找一些她認為不是國王的女生組成小隊。一旦有新的命令下來，小組行動會比較有利。」

「這麼說，海音認為妳不是國王囉？」

「也不只是這個原因啦。」

「不只是？」

聽到翔真這麼問，雪菜的臉頰泛起了紅暈。

「海音好像喜歡女生。」

「嗄？喜歡女生？難道她是……女同志？」

「嗯，是啊。所以，她只想找女生組隊。現在，萌華似乎也成了海音屬意的目標。啊……不過，我對那方面可沒興趣喔。」

「原來海音想要組一個女子聯盟啊……」

翔真發出沉吟。

「的確，海音的長相和體型都像個美少年，就像寶塚的當家小生。有不少女生很喜歡那一型的呢。」

「除了我之外，海音好像也去找了勤席。勤席身材好，人也漂亮，是海音喜歡的類型。」

「聽妳這麼說我倒是想起來了，萌華雖然是娃娃臉，卻是個美人胚子，妳也長得很可愛。」

「……嗯？你也喜歡可愛的女孩子嗎？」

「啊，不、不是的！」

翔真連忙揮手否認。看到他這個樣子，雪菜忍不住笑了出來。

「我是開玩笑的啦。不過要是翔真說喜歡我的話，我會很開心呢……」

「開心？」

「在教堂那裡，你從美美老師和土水先生手中救了我一命，那時候開始，我就覺得你好帥。」

「我只是帶妳逃走而已，打倒土水先生的人是海峰。」

「不，我能夠活到現在都是託翔真的福，所以我……」

這時候，翔真的智慧型手機傳出來電鈴聲。

翔真看了一下來電顯示。

顯示的名字是【坂本秋雄】。

【8月8日（星期五）傍晚5點48分】

經過通往山上的一條小徑，遠遠就看到秋雄站在前方的空地。

秋雄站在垂直懸崖的突出部分，凝視著逐漸下沉的夕陽。

「秋雄……」

聽到背後傳來翔真的叫喚，秋雄回頭看著他。

「喔，翔真，你來啦？」

「……是你叫我來的啊！」

翔真慢慢走近秋雄。

「叫我來這種地方要做什麼？」

「我想要單獨見你一面。」

「單獨見我一面？美佳呢？」

「已經睡了。我打手機給你之前，她一直都醒著。」

說到美佳，秋雄的表情變得溫和許多。

「我真的很喜歡美佳，她做的菜很好吃呢。」

「做菜？」

「美佳做了三明治給我吃。把煎火腿、高麗菜絲夾在麵包裡，淋上甜甜辣辣的特製醬汁，真的很好吃。希望也能讓你嚐嚐。」

「聽起來很可口呢。」

「非常美味喔。做法很簡單，高麗菜絲的量也剛剛好。雖然花妹煮的飯菜也很好吃，不過我還是最喜歡吃美佳的三明治，可惜……」

「可惜……？」

「我再也吃不到了。」

在夕陽的照射下，秋雄的臉像是抹上一層橘紅色。熱淚從他的眼眶滑落。

「再過6個小時，美佳就要接受國王遊戲的懲罰了。如果我不殺人，美佳一定會死。」

「秋雄……」

「我跟美佳提過好幾次想殺人，偏偏她就是不答應，哭著說不希望她的男朋友變成殺人犯。」

「是嗎？看來，美佳是真的喜歡你。」

翔真長嘆了一口氣，閉上眼睛。

——秋雄只要殺一個人，美佳就可以活下去，可是美佳卻不希望秋雄殺人，寧願自己死去……。

「翔真，你告訴我。」

秋雄淚流滿面地說。

「換作是你，會怎麼做？」

「怎麼做……？」

「如果你站在我的立場，你會為了自己的女友殺人嗎？」

「……我沒有女友，所以我也不知道。」

翔真想了幾秒之後這麼回答。

「可是，為了保護自己所愛的人，我應該會挑一個人動手吧。」

「……就是說啊。每個人的心裡都有優先順序。」

「優先順序？」

「是的。以我來說，美佳是第一順位，再來是父母，接下來就是你。因為我們是多年的好朋友。」

秋雄的右手伸出四根手指說道。

「之後是邦友和東河。雖然我和他們是在這次的研習營才認識的，但是我把他們的位置排在很前面。」

「我也是。他們幫了我好幾次呢。」

「可是在國王遊戲裡面，為了保護我所愛的人，情非得已之時，我也會殺了他們。」

秋雄說完，從口袋裡掏出一把折疊刀。

翔真睜大了眼睛。

「秋……秋雄……」

「不要誤會，翔真。我是要把這把刀子交給你。因為我不需要它了。」

秋雄把刀子遞給了翔真。

「這是我和美佳找到的武器，也許你會有需要它的時候。」

「刀子？」

「是的。國王遊戲應該會繼續，到最後一定會變成生存者之間的競爭。所以身上帶著武器比較保險，這也是為了保護你所愛的人。」

「我所愛的人……」

「是的。我決定要保護我最愛的美佳。」

「咦……？」

「放心。我誰也不殺，因為我答應過美佳。不過還是有一個辦法可以保護她。」

「可是你不殺人的話，美佳就會受罰。這樣的話……」

翔真半張著嘴，說不出話來。

「……難、難道你！」

「終於想到了嗎？我只要殺死自己就行了。」

秋雄的眼睛看著懸崖的下方說道。

「這裡和跳海不同。懸崖下面都是岩石，跳下去凶多吉少呢。」

「傻、傻瓜！你想做什麼！你是認真的嗎？」

「當然。只要我自殺，美佳就可以得救，而且也可以守住我和美佳的約定，不是嗎？」

「秋雄……」

「不要用那種眼神看我。我是心甘情願的。」

秋雄露出雪白的牙齒笑著說。
「為了保護自己所愛的人，不惜犧牲自己的生命，很帥對吧？」
「……你實在太傻了。」
「對我來說，這句話是讚美呢。」
秋雄把手放在閉著眼睛的翔真肩膀上。
「翔真，你願意答應我這個傻瓜的最後請求嗎？」
「……最後請求？」
「是的。我死了之後，代替我好好照顧美佳。國王遊戲應該會繼續下去，要是美佳死了，我的自殺就沒有意義了。」
「可是……」
「拜託你，翔真。」
秋雄放在翔真肩膀上的手更加用力了。
「答應我，你會代替我照顧美佳。」
「……」
「我求你，翔真。如果你不肯答應我，我就無法死啊。」
透過放在肩膀上的手，翔真可以感覺到秋雄的身體在顫抖。
——秋雄的心意已決。他要為自己所愛的美佳，犧牲自己……。
翔真做了一個深呼吸，認真地看著秋雄。

「……我答應你，我一定會保護美佳！」
「謝謝你，翔真。」
秋雄的表情這才放鬆下來。
「這樣，我就能安心死了。」
秋雄一邊這麼說著，手一邊從翔真的肩膀拿開，重新挺直了身體。
「之後的事就拜託你了。」
「等等，可是，時間還沒到……」
「無所謂。再拖下去，只怕會影響自己的決心。」
秋雄腳下的小石子啪啦啪啦地從懸崖上掉落。
「……這裡距離下面超過10公尺以上，應該不會有問題。」
「秋雄……」
「麻煩轉告美佳，說我愛她！」
秋雄面帶微笑地跨出右腳。瞬間，秋雄的身影從翔真的眼前消失了。
「秋、秋雄！」
翔真出聲的同時，懸崖下面也傳來肉體撞擊岩石的碎裂聲。
「啊……」
翔真雙腳無力地跪在地上。
「……秋雄，你……你這樣做真的對嗎？」

翔真眼前的視線一片模糊。

——的確，這麼一來美佳是可以活下去。也許你很滿意這樣的結果，可是我卻很難過。我們是高中同學，感情一直很好啊。

翔真沒有往懸崖下面看，因為他實在不忍心看到自己好友的悽慘死狀。

【8月8日（星期五）晚間8點14分】

打開廢棄民宅的大門往裡面看去，發現客廳那邊透著光線。翔真通過昏暗的走廊進了客廳。

美佳正躺在沙發上睡覺，旁邊放著一盞老舊的檯燈，光線照在美佳熟睡的臉龐上。

翔真不出聲走到美佳身邊，把手輕輕放在她的肩膀上。

「美佳……」

「嗯？秋雄……」

美佳揉揉眼，撐起身體坐了起來。

「對不起……我不知不覺就睡著了……」

「我不是秋雄。」

「咦？啊……翔真！」

美佳驚訝地摀著嘴，仰頭看著翔真。

「你怎麼會來這裡？是來找秋雄的嗎？」

「不是，我是來找妳的。我有話要跟妳說。」

翔真沉重地說。

「是嗎？那秋雄也一起……咦？」

美佳來回看著四周。

「秋雄，你在哪裡？翔真來了。」

「……秋雄不在這裡。」

「怎麼可能。秋雄答應過我，會一直陪在我身邊的啊！」

美佳從沙發上站了起來，大聲呼喚秋雄的名字。

看到美佳的樣子，翔真不禁悲從中來。

「美佳……秋雄他死了。」

「咦……？」

美佳像一具電池耗盡的洋娃娃，動也不動地站著。

「你、你說什麼？翔真？」

「秋雄他死了。」

「……為、為什麼？」

「他是為了救妳，美佳。」

翔真握緊拳頭，聲音也在顫抖。

「秋雄是自殺死的。」

「自殺？」

「他用自殺的方式達成命令，好讓妳活下去。」

「啊……」

在檯燈的光線中，可以看出美佳的臉色大變。

「你……你是騙我的吧？」

「……是真的。秋雄就在我眼前跳下懸崖了。他說，這樣就可以信守對妳的承諾。妳不是不希望秋雄變成殺人犯嗎？」

「……」

「秋雄有話要我轉告妳。」

「有話轉告我？」

「就是『我愛妳』。」

聽到這句話，美佳的雙腳震了一下，全身開始顫抖。

「為……為什麼？應該死的人是我啊……」

「對秋雄而言，妳比他的性命更重要。」

「比他的性命……」

「是的。所以，秋雄是笑著跳下去的。他很高興妳能夠活下去。」

「啊……」

美佳睜大眼睛，瞳孔像湖面般波動著。

「……怎麼會這樣，為什麼是秋雄死去？這不是我所希望的啊。」

「美佳……」

「我……嗚！」

美佳掩面哭了起來，淚水從指縫間滑落。

翔真不知道該說什麼安慰美佳，只能緊咬著嘴唇。

【8月8日（星期五）晚間11點25分】

翔真和美佳回到紅島館時，看到若英就站在大門入口處。翔真牽著美佳的手，朝若英走去。

「若英，妳在等我們嗎？」

「嗯。秋雄的事，是真的嗎？」

「如同我在電話裡說的，秋雄真的自殺了。」

聽到翔真親口證實，若英勻稱的雙眉忍不住抽動。

「這麼說，我真的沒有聽錯嗎？我實在不敢相信。」

「這是事實。我是親眼看著秋雄跳下懸崖的。」

「原來是……這樣。」

若英低沉地喃喃自語。

「翔真和秋雄是念同一所高中吧？」

「嗯，我們是很要好的朋友。」

「你不要緊吧？翔真。」

「妳應該先關心美佳才對。」

翔真的視線投向牽著手的美佳。

美佳臉色蒼白，嘴唇微微地顫抖。

若英把手放在美佳的肩膀上。

「美佳，妳還好嗎？」
「……」
「美佳……美佳！」
「她從剛才就沒有反應了。」
翔真代替美佳回答。
「在回來的路上，她口中一直喃喃地唸著秋雄的名字，彷彿沒聽到我在跟她說話。」
「秋雄的死對她來說打擊太大了。」
看到表情呆滯，楞楞站著的美佳，翔真感到無限的心痛。
——秋雄拜託我照顧美佳，可是我卻……。
若英揪了揪翔真的T恤說。
「翔真，在美佳心情恢復之前，由我來照顧她吧。」
「可以嗎？」
「嗯。我們都是女孩子，由我照顧比較方便。」
「……說得也是。我不可能整天都守在美佳身邊。」
「是啊。要是有新的命令下來，我也會保護美佳的。」
「好。不管是美佳，還是若英，我都會好好保護的。」
「我也是？」
「當然，妳是我的好朋友啊。」

翔真如此強調。

「美佳、若英、邦友、東河都是我的好朋友，我一定會保護大家。不管是什麼命令，這點絕不會改變。」

「翔真……」

在燈光的照射下，若英的臉變紅了。

「謝謝。我還是第一次聽到有男生說要保護我，好高興喔。」

看到眼裡噙著淚水，凝視著自己的若英，翔真的臉頰感到暖烘烘的。

命令7

【8月8日（星期五）晚間11點55分】

翔真一上2樓就看到龍義和愛理，站在監禁邦友他們的那個房間面前。

龍義看著翔真，眼鏡後方的眼睛瞇成一條細縫。

「你是來看邦友的嗎？」

「是的，快要午夜12點了。」

「我先把話說在前頭，要是新的命令沒有下來，他們的監禁時間就得延長。」

「喂！哪有這種事！」

「本來就要這樣，我只是沒說出來而已。」

龍義不屑地看著翔真說。

「在這種情況下，新命令沒有下來就表示國王極可能就是被囚禁的邦友他們其中之一。所以只要繼續囚禁他們，大家就能活到研習營最後一天了。」

「……說不定這是國王故意設下的陷阱，要誤導我們以為邦友他們是國王。」

「這樣也很好啊，只要新命令不來，對我們而言都是求之不得的好事。」

「可是……」

翔真張著嘴，不知道該回應些什麼。

「說得也沒錯……」

「邦友他們會諒解吧。只要他們不是國王的話，我想他們也會因為不再出現國王的命令而感到欣慰。我們會繼續提供充足的食物，雖然外出時會進行監視，不過他們應該會諒解的。」
龍義邊說邊看著腳邊的塑膠盒。裡面放著三支智慧型手機，好像是邦友等人的。
「如果國王是他們其中之一的話，那麼他現在一定很焦急。因為新命令沒有再來，監視行動就會更嚴密。國王一定很後悔，為什麼要繼續玩國王遊戲。」
「龍義，你到現在還懷疑邦友是國王嗎？」
「當然。話說回來，你應該要感謝我才對。」
「感謝你？」
「是我提議要監禁邦友他們，所以國王遊戲才能結束。」
「現在還不知道結果，國王遊戲不一定會結束吧？」
「也是啦，不過除了邦友之外，悠人和竹諾同樣嫌疑重大，這也是事實……」
此時，翔真和龍義等人的手機同時傳出簡訊鈴聲。
留在走廊上的人個個臉色大變。
「難道……」
龍義連忙拿出手機確認。
翔真也從口袋裡拿出手機，確認螢幕上的訊息。
【8／9星期六00：00　寄件者：國王　主旨：國王遊戲　本文：這是紅島上所有人都必須參加的國王遊戲。國王的命令絕對要在時限內達成。※不允許中途棄權。※命令7：這次是個別命令。無法達成命令者必須接受懲罰。※給天海翔真的命令：天海翔真要和三位女生接

吻。ＥＮＤ】

「接吻……？」

翔真紅著雙頰，抬起臉來。站他面前的龍義，則是神情嚴肅地盯著手機。

「龍義，你的命令是什麼？」

「……喔，是這個。」

龍義大概是被突然其來的命令嚇到，雙手顫抖著將手機螢幕朝著翔真。

畫面上是用繁體中文顯示的命令。

「我看不懂繁體字……」

「內容寫的是『張龍義要在8小時之內跑至少50公里以上』，重點在於我的達成時間不是24小時，是8小時之內。」

「50公里……」

「比跑馬拉松的距離還要長。普通人通常6小時內就能跑完，但是我對於馬拉松實在不行。」

「你沒問題吧？」

「只好硬著頭皮拼了。」

龍義歪嘴笑著說。

「你的命令又是什麼？」

「我的命令是『天海翔真要和三位女生接吻』。」

「哈哈，這麼吃香的命令，我好羨慕你喔。」

「才不吃香呢！」

翔真反駁說。

「要和女生接吻，而且是3位女生，我才煩惱不知道要拜託誰好呢。」

「當然是找跟你交情比較好的女生囉。」

「可、可是……」

這時候，房門突然被打開，邦友走到走廊上。

「翔真……你也在這裡？」

「嗯，是啊，剛才收到新命令了……」

「好像是這樣。」

「原來如此……這次是個別命令嗎？」

邦友從腳邊的塑膠盒裡拿出自己的手機，確認畫面。

「你的是什麼樣的命令？」

「『楊邦友要砍下某個人的頭』。」

「砍頭……？」

「……的確很像國王這個連續殺人魔會下的命令。」

「話說回來，新命令還是下來了。」

悠人從邦友的背後探出臉來，他的後面還有竹諾。

兩人從塑膠盒裡拿起自己的手機。

「……嗯——這次是個別命令啊。」

「悠人，你的命令是什麼？」

被翔真這麼問，悠人露出詭異的笑容說。

「很輕鬆的命令，『吉村悠人從自己身體裡，抽出400毫升的血液』。」

「抽出自己的血……？」

「400毫升就跟捐血差不多。問題是，要去哪裡找乾淨的針筒？不管了，一定有辦法的。」

「竹諾，你的命令呢？」

「我的是『徐竹諾要拔掉自己左小指的指甲』。」

竹諾臉色發青地說。

「只能照做了。總比到時候接受國王遊戲懲罰要好多了。」

「……說得也是。」

悠人頻頻點頭，視線轉移到龍義身上。

「龍義，你一直在監視我們的行動，現在可以證明我、邦友、竹諾都不是國王了吧？」

「……的確，你們是國王的可能性是降低了。」

「降低？不是確定並非國王嗎？」

「現在斷言還太早。」

龍義說完，轉身背對悠人。

「現在沒有時間去猜測誰是國王。目前最要緊的是先達成自己的命令。」

「說得沒錯。我也得去找針筒才行了。」

悠人無奈地抓抓頭說。

【8月9日（星期六）午夜12點45分】

翔真和邦友在餐廳與東河、若英、美佳會合。

「東河，你的命令是什麼？」

「這個。」

東河把他的手機拿給翔真看。

「啊……我忘了你不懂韓文。這上面寫的是『張東河要釣起一尾全長30公分以上的魚』。」

「30公分以上……？」

「釣魚沒有問題，比較傷腦筋的是得釣到30公分以上的大魚才行。唉，真是整人。」

「若英，妳的命令呢？」

「呃……我的命令是……」

若英看著手機螢幕，唸唸有詞地說。

「『黃若英要活捉10隻蝴蝶』。」

「蝴蝶？這島上有蝴蝶嗎？」

「有幾種。像翠鳳蝶、白粉蝶什麼的。」

「這樣的話，若英應該可以達成命令。我們會幫妳的。」

「不是得靠我自己活捉才行嗎？」

「我們可以去抓活的蝴蝶放進房間裡，妳只要在房間裡捉蝴蝶就行了。東河的命令應該也可以如法泡製。當然，本人抓的話是比較保險。」

說完，翔真轉而看著美佳問。

「美佳……妳的命令是什麼？」

「……」

「美佳？」

「……」

美佳沒有回答。只是半張著嘴，眼神飄忽不定，彷彿對眼前的情況毫不關心。

若英拉拉翔真的手臂說。

「翔真，我看過美佳的命令了，因為我看得懂日文。」

「是什麼命令？」

「『小松崎美佳要去摸死人的身體，而且必須是今天之內死去之人的屍體』。」

「今天之內？可是，要是沒有人死的話，這個命令不就無法達成了嗎？」

翔真的額頭冒出了冷汗。

——再這樣下去，美佳恐怕無法達成命令，到時候就得接受懲罰了。我答應過秋雄，要好好保護美佳的……。

邦友拍拍翔真的肩膀說：

「先達成可以實現的命令再說吧。」

「你的命令是『砍下某個人的頭』對吧？」

「嗯。不過，砍死人的頭好像也可以。老實說，我可是萬般不願意，但是為了活下去，不得已只好照做了。」

「……是啊。雖然對不起已經死去的人，但是……實在沒有別的選擇了。」

翔真痛苦地說。

——邦友為了活下去，必須砍下某個人的頭。他決定砍死人的頭是正確的，總不能要他砍活人的頭吧。

「你打算砍誰的頭？」

「……水土先生的吧。」

邦友的聲音沒有一絲抑揚頓挫。

「因為土水先生為了活命，砍了允錦的頭。我這麼說並不是想找藉口，只是……」

「我明白。土水先生是我埋的，所以我知道屍體在哪裡，我畫地圖給你。」

「麻煩你了。我會盡快完成命令，然後回來支援你們。」

「對了，翔真，你的命令是什麼？」

東河問翔真。

「如果我可以幫忙，我一定會幫。」

「不，你幫不上忙的。」

翔真連忙搖頭婉拒。

「總之，大家都要努力達成命令。這段時間我會一直陪在美佳身邊。」

翔真一面說，一面看著神情呆滯的美佳。

【8月9日（星期六）清晨5點52分】

「該找誰接吻呢……」

在紅島館頂樓的翔真，不禁嘆了口氣。往旁邊看去，美佳正凝視著遠方的海面。她的眼神呆滯，看不出喜怒哀樂。

——拜託誰都可以，就是不能找美佳。因為美佳是秋雄的女朋友……。

「想來想去……只能想到若英了。」

翔真腦海裡浮現出綁著兩束馬尾的少女若英。

——若英要去抓蝴蝶，等她回來再拜託她好了。若英應該會願意幫我，問題是剩下的兩個要去哪裡找。

「就算要用跪的，也要找到願意幫我的另外兩個女孩……」

此時，翔真背後傳來鐵門打開的聲音。回過頭去看，理緒和克也就在那裡。理緒一臉緊張地朝翔真走來。

「咦？翔真，你為什麼會來這裡？」

「這句話應該是我問你們吧。」

翔真沒有回答理緒，反而這麼問她。

「我是為了達成命令才來的。因為願意幫我的人，只有我的男朋友克也。」

「男朋友？克也是妳男朋友？」

「嗯。他感覺起來比翔真你要可靠多了。」
理緒一面說，一面把自己的手機螢幕拿給翔真看。
【高橋理緒要繞紅島館頂樓邊緣一圈，可以請別人代勞。】
「可以請別人代勞？有這種命令？」
「上面是這樣寫的。所以克也說要替我成這個命令。」
「理緒說得沒錯。」
克也的手繞著理緒的肩膀說。
「你沒有意見吧？」
「……嗯。理緒想找誰當男朋友，跟我沒關係。」
翔真強調說道。
「倒是克也，你有辦法繞頂樓邊緣一圈嗎？下面是水泥地，從這個高度掉下去的話，必死無疑喔。」
「是啊，如果運氣不好的話……」
克也丟下翔真，往頂樓的邊緣走去。在確定邊緣的寬幅後，嘴角揚起說。
「好！這樣的寬度難不倒我。而且現在沒有風，沒問題的。」
「謝謝你，克也。」
理緒靠近克也的耳邊說。
「其實，我自己應該也辦得到，只是你的運動神經比我好。」

「嗯。不過之後，妳也要幫我達成命令喔。」

「我知道，那是當然的，因為我們是情侶啊。」

「喂！」

翔真問克也。

「克也，你的命令是什麼？」

「我的命令是『城之崎克也要殺死金古漢』。」

「殺死古漢？」

「嗯。我一直想殺他，可是那傢伙很厲害，實在找不到機會下手。所以我決定用美色誘惑他上鉤。」

克也看著理緒說。

「古漢也是男人，和女人上床辦事時，就會失去戒心。」

「你要自己的女朋友做那種事？」

「活命是最重要的。對了，我是信任你才告訴你這個秘密，你可不能背著我去向古漢告密喔。這件事跟你沒有關係，誰死對你而言都沒差。或者，你想和我聯手殺死古漢？我們同樣都是日本人，理應互相幫忙才對啊！」

「這根本是兩碼子的事。」

翔真不客氣地回嘴。

「不管是日本人、韓國人、或是台灣人，我只想幫助我想幫助的人。」

「……哼。隨便你，只要不妨礙我就行了。」

克也動作敏捷地跳上頂樓邊緣。

「那麼，我要盡快幫理緒達成命令了。」

克也張開雙手，開始繞著邊緣前進。他看起來非常緊張，嘴唇沒什麼血色。而且每踏出一步，身體就會不停晃動。

看到克也的樣子，翔真不禁替他捏了把冷汗。

雖然他不喜歡克也沒禮貌的態度，卻也不希望他死去。

「喂，小心點！快到轉角了。」

「我知道，我有在看。」

克也動動右臉頰，笑著說。

「寬度很足夠，我不會掉下去的。」

說完，克也已經來到轉角。他轉了個方向繼續前進，一頭染了金色的頭髮在風中微微飄動，銀製的耳環在陽光下閃閃發亮。

「我已經抓到訣竅，可以加快速度了。」

「小心點，克也。」

理緒擔心地看著克也。

「有點風呢。」

「這點難度對我來說不算什麼。只要放膽去做，就可以達成命令了。」

克也繼續繞著邊緣小心翼翼地移動。

幾分鐘後，理緒突然「啊」地叫出聲音。

克也趕緊停下動作。

「怎麼了？理緒。」

「克也，你先站著別動，你的腳下有小石頭。」

「小石頭？」

「嗯，我幫你拿開。」

理緒朝克也走過去。

「別亂動喔，克也。」

「好啦，快點拿開。如果只是小石子就別管了。」

「不行，我擔心會發生意外。」

理緒來到克也旁邊，把手伸向他的腳邊。

「……克也，謝謝你。」

理緒的嘴唇像弦月般翹起，冷不防地往克也的膝蓋用力推去。

「哇啊！」

克也的身體失去平衡，雙腳離開了邊緣。

「克也！」

翔真跑過去想抓住克也，可惜來不及，克也的身影已經從頂樓邊緣消失了。

咚，下方傳來了重物的撞擊聲。

從邊緣往下看去，克也的臉嚴重變形。鐵柵欄的尖刺從他的胸膛貫穿而出，T恤也染成大片紅色。

克也的嘴唇抖了幾下後就不再動了。兩隻眼睜得極開，無神地看著天空。

「怎麼會這樣……」

「太好了，順利成功。」

也一起往下面看的理緒，口中唸唸有詞地說。

「……順利成功？」

翔真抓住理緒的手。

「妳這是在做什麼？克也是在幫妳達成命令啊。」

「不，我的命令不是在頂樓邊緣走一圈。」

「不是嗎？」

「嗯。我的命令內容是『高橋理緒要在12小時之內殺死一名男子』。」

理緒吐出粉嫩的舌尖，舔舔嘴唇。

「不過，女生殺男生談何容易，所以我就改寫手機裡的命令，然後拿給我的新男友克也看。克也剛好也想要殺死古漢，所以覺得這是個合作的好機會吧。」

「妳這個人……」

「怎麼那樣看我呢？你該不會想跟我說，我騙了克也、不可原諒這類的蠢話吧？」

聳聳肩後，理緒繼續說。

「我是為了生存，情非得已才殺人。對，我是殺了克也，可是克也自己也計畫要殺死古漢，所以說這是不得已的犧牲。」

「可是，妳怎麼能用這種卑鄙的手段。」

「卑鄙……？難道要我光明正大地對男生說『我現在要動手殺你囉』，然後衝過去殺他是嗎？」

「這……」

「翔真，你這個人就是正義感過剩，這樣要怎麼活下去啊。」

「怎麼活下去……」

翔真沙啞地說。

——理緒為了活命殺了克也。這樣有錯嗎？如果我的命令和理緒一樣，我會怎麼做呢？

翔真沉默不語。理緒偷看了他一眼說：

「對了，翔真，你的命令是什麼？」

「我的命令是『天海翔真要和三位女生接吻』。」

「這是什麼命令？這麼吃香？」

「妳怎麼和龍義說同樣的話？」

「不是確定有兩個女生會跟你接吻了嗎？」

理緒指著站在角落，神情呆滯的美佳說。

「看她那個樣子，用強吻的就行啦。若英應該也會樂於幫你吧，搞不好還會奉送額外的服務呢。」

「不要亂說話。我不可能找美佳的，她是秋雄的女朋友。」

「秋雄不是自殺了嗎？跟美佳接吻有什麼關係。」

「即使是這樣也不行。我不能吻好朋友的女友！」

翔真斷然拒絕了。

「對我而言，這個命令並不像你們所想的那麼輕鬆快活。」

「翔真，你就是死腦筋。我真懷疑，到時候你要是因此受罰而死，臉上是不是還會微笑呢。」

「怎麼可能笑啊。總而言之，我……」

突然間，理緒靠近翔真，櫻花色的嘴唇印在翔真的嘴唇上。

「嗯嗯……」

翔真頻頻眨眼，費了些力氣才把理緒推開。

「妳、妳這是在做什麼？」

「當然是在拯救你啊。」

理緒這麼說完，粉嫩的舌尖便舔舔嘴唇。

「你不是要和三位女生接吻才行嗎？我自願幫你。」

「……為什麼要幫我？」

「之前我不是把你推落井底嗎？這次算是贖罪吧，而且……」

「而且？而且什麼？」

「我不討厭翔真。我向你告白的時候，有一半是真心的喔。」

「只有一半嗎？」

「哈哈哈，一半還不滿意嗎？總之，你有機會活下去了。」

理緒伸出手指在翔真的胸前輕輕地推了推，曖昧地笑著說。

【8月9日（星期六）上午7點34分】

看著身體被鐵柵欄刺穿的克也，翔真的臉色瞬間變了。

克也的身體往後彎曲，雙手和雙腳張得大開，被血浸濕的T恤不停地滴著血。不知道是否受到屍臭味的吸引，好幾隻蒼蠅在屍體附近飛來飛去。

翔真把手按在左胸上，反覆做了幾次深呼吸。

「克也……過些時間我會好好把你埋葬，在此之前你先幫我一個忙。」

翔真這樣說完，便伸手拉起身後美佳的手。

「美佳……妳願意答應我一個請求嗎？」

「……什麼請求？」

幾十秒後，美佳終於開口問他。

「不管摸哪裡都好，拜託妳摸一下克也的屍體吧。」

「……為什麼？」

「……不這麼做的話，妳就要接受國王遊戲的懲罰啊。」

「是嗎……」

美佳漠然地看著地面。

翔真咬著牙。

——秋雄死去的事實，讓美佳的內心受到了重創。可是現在顧不了那麼多，一定要讓美佳達成命令才行。

翔真硬拉著美佳，去握住克也的手。

美佳看到死狀悽慘的克也，臉上一點表情也沒有，就像個沒有靈魂的洋娃娃。

「這樣，美佳的命令就算達成了吧……」

翔真帶著美佳離開了克也的屍體。

——雖然擔心美佳的精神狀況，但是我也得盡快達成自己的命令才行。之前和理緒接吻過，所以還得找2個人才行……。

【8月9日（星期六）上午11點13分】

走進山裡，翔真看到正拿著捕蟲網在空中揮來揮去的若英。

翔真一面舉起右手用力揮，一面朝若英走去。

「喂！若英。」

「啊！翔真。」

若英看起來似乎心情不錯。

「怎麼了？為什麼來這裡？」

「當然是來幫妳啊。邦友達成任務回去了，所以我先把美佳交給他照顧。」

「……是嗎？邦友已經達成命令了？」

若英的聲音帶著淡淡的哀傷。大概是想到邦友的命令是要砍下一顆人頭的緣故吧。

「這樣也好，至少邦友不用受罰了。」

「嗯。倒是妳，捉到蝴蝶了嗎？」

「嗯。捉到9隻了。」

若英驕傲地挺直了身體，指著腳邊的捕蟲盒說。盒裡面裝了白色、黃色和黑色的蝴蝶。

「喔！只差一隻而已。我本來以為妳的命令很難達成呢。」

「島上的蝴蝶比我想像中還要多，而且牠們好像不太會逃，很容易就能捉到喔。」

「是啊，剛才來的路上，我也看到好幾隻蝴蝶飛來飛去……啊！蝴蝶！蝴蝶！」

翔真看到十幾公尺外的樹叢附近有黃色蝴蝶在飛舞，眼睛瞬間亮了起來。

「若英，在那裡。看見了嗎？」

「啊！有！看到了！」

若英拿著捕蟲網，小心翼翼地朝樹叢那邊走去。

蝴蝶似乎沒有發現靠近的若英，黃色翅膀拍了幾下，絲毫沒有飛走的跡象。

若英舉起捕蟲網，以斜角朝正要飛起的蝴蝶蓋下去。

「捉到沒？」

翔真跑向若英。他看到白色的捕蟲網裡面，有蝴蝶在拍動翅膀。

「太好了！若英！」

「嗯！這樣我就達成命令了。」

若英小心地抓起蝴蝶的翅膀，放進捕蟲盒裡。

「看來，妳是不需要我幫忙了。」

「別這麼說。是你發現了這隻蝴蝶，我才能捉到啊。謝謝你。」

「現在就剩下我和東河的命令了。」

「對了，我還沒問翔真的命令是什麼呢！」

「……我就是為了這件事來拜託妳的。」

「拜託我？」

「嗯……是的。」

翔真偷看了一眼若英的嘴唇。

「……」

「翔真？」

「若英，請跟我接吻好嗎？」

「咦……？接吻……？」

若英的臉頰浮現一陣緋紅。

「難道，你的命令是要跟別人接吻？」

「猜對了。我的命令是『天海翔真要跟3位女生接吻』。」

「3位女生……？」

「……我已經跟理緒接過吻了……」

「咦？跟理緒接過吻了？」

「是的，我跟她說了我的命令後，她就吻了我。」

「那麼，是理緒主動吻你的囉？」

「她說之前把我推落古井，那個吻算是賠罪。」

翔真嘆了口氣。

「她看起來並沒有反省的意思，只是一時心血來潮。不過，她的吻的確幫了我大忙。」

「啊……嗯，也對。」

若英一臉尷尬，雙手不停地左右揮動。

「是啊，理緒願意跟你接吻，真是太好了……」

「我現在得再和兩名女生接吻才行，否則就要受罰。所以我想請妳幫我。」

翔真深深地低下頭說道。

「我想，女生應該很討厭在這種情況下接吻，可是……」

「我並不討厭啊！」

若英的音量突然變大。

「我不討厭和翔真接吻！」

「真的……不討厭嗎……？」

「嗯……因為翔真是好人，而且我們又是好朋友。」

「好朋友……？」

翔真凝視著若英說。

「我們，真的可以接吻嗎？」

「……嗯、嗯。」

若英難為情地垂下眼睛。

「只要我的吻能夠救翔真的命，我很樂意。」

「……謝謝妳，若英。」

翔真把手搭在若英的雙肩上。若英的身體不由自主地微微顫抖。

「啊……我想說，把手放在妳的肩膀上比較好。」

「嗯，是啊。」

「難道，妳是第一次和別人接吻？」

「……嗯、嗯。」

「是嗎？真是抱歉。」

「不用抱歉，我說過了，我並不討厭你。」

若英閉上了眼睛。

「謝謝妳，若英。」

翔真也閉上眼睛，把自己的唇印在若英的唇上。

【8月9日（星期六）下午2點21分】

翔真和若英回到紅島館後，海音和萌華立刻朝他們走過來。海音把原本就細長的眼睛瞇成一條縫，開口問翔真。

「翔真，我有事要問你。」

「妳想問什麼？海音。」

翔真機警地看著海音。

「翔真，你一直和邦友、東河、若英、美佳一起行動對吧？我希望你告訴我們，你和其他4個人的個別命令是什麼。」

「妳為什麼想知道這些？」

「為了預防萬一。我們懷疑，在個別的命令中隱藏著威脅大家的訊息。」

海音像個小男生一樣，帥氣地聳了聳肩膀。

「理緒的命令是要殺人對吧？這是我聽她親口說的。」

「是的，理緒在我面前殺了克也。」

「既然這樣，你應該知道為什麼我不得不謹慎的原因吧。要是我達成了自己的命令，最後卻因為他人的命令而被殺死，這樣不是白忙一場嗎？」

「妳的個別命令又是什麼？」

「我的命令是『胡海音要弄到10張一萬圓的紙鈔』。」

「一萬圓的紙鈔？是日幣嗎？」

「是的。我已經弄到手了，萌華身上剛好有。」

海音白皙的手搭在身旁萌華的肩膀上說。

「萌華的家好像很有錢，這可是幫了我大忙呢。」

「能夠幫上海音的忙，我也很高興。」

帶著童音的萌華說。萌華比海音矮了15公分以上，體型也像個中學生。

萌華的臉頰泛紅，水汪汪的大眼睛凝視著海音。誰都看得出來她很喜歡海音。

「萌華的命令是什麼？」

「『鈴森萌華要收集到一顆人的眼珠』。」

「眼……眼珠？」

「嗯，這命令簡單，只要從屍體上面挖出眼睛就行了。」

「妳是說，妳已經收集到眼珠了？」

「嗯，就是這個。」

萌華看著掛在腰部的碎花圖案化妝包。

「眼珠是允錦的右眼。因為之前她被土水先生砍斷了頭。」

「妳說，那顆眼珠是允錦的……」

翔真像是突然被潑了冷水般震驚。

「……妳把允錦的右眼珠挖出來了？」

「我也很無奈啊，不這樣的話我就要受罰了。」

「說得沒錯。」

海音冷靜地說。

「從屍體挖出眼睛的確很殘酷，可是並非不可能的任務。只要把心一橫，就可以達成命令了。」

「把心一橫……？」

「翔真，你們的命令是什麼？」

「我們的命令不需要犧牲別人就能達成。」

翔真這樣回答海音。

「邦友的命令和萌華的差不多，都是可以利用屍體來達成。若英和東河只要捕捉蝴蝶和魚就可以。美佳的命令是摸屍體，也達成了。而我的命令也不需要加害他人。」

「……聽起來不像是騙人。而且你應該不是會說謊的人。」

海音張開美麗的雙唇，嘆了口氣說：

「總之，現在我和萌華是不會死了……」

「其他人的命令是什麼？」

「海峰的是『24小時之內禁止飲食』。古漢不肯透露，不過好像已經達成了，只說他的命令很簡單。」

「海峰的命令也不難啊。」

「是啊，這次的命令大部分都是可以過關的內容。這樣反而讓人不安。」

「不安？」

翔真單邊的眉毛動了一下。

「有什麼問題嗎？」

「國王為什麼會下這種命令？相較之下，這次的命令太保守了。」

「保守？什麼意思？」

「我懷疑真正的命令藏在別處，可是國王沒有機會傳給我們，因為他被監視。」

「喂，妳的意思是……」

「沒錯。我認為邦友、竹諾和悠人其中之一是國王。」

聽到海音的發言，翔真和後面的若英都楞了一下。

「沒必要嚇成這樣吧。」

海音哼了一聲，微笑著說。

「國王可能早就設定好國王遊戲的簡訊。換句話說，邦友他們在被監視之前，就準備好幾個容易達成的命令。要是國王沒有被監視的話，應該會依照原訂計畫，傳送更精彩的命令。」

「更精彩的命令？」

「就是會令連續殺人魔感到興奮的命令啊。不過，國王應該也想好了幾個備用命令。就像這次，即使在被監視的情況下也能傳送命令的話，國王不就有不在場證明了嗎？」

「也就是……在任何情況下，都可以傳送沒有破綻的命令，對吧？」

翔真的喉嚨像波浪一樣上下起伏。

——的確。這次是個別命令，不管是什麼情況都可以適用。以之前那個要大人殺死未成年人的命令來說，如果當時大人全部死光的話，就會變成莫名其妙的命令……。

看到翔真的臉色變得鐵青，海音歪起了嘴唇。

「很多人收到新命令之後，就以為被監視中的邦友他們洗刷了嫌疑。可是我卻認為，這樣嫌疑更重大。可以因應各種狀況的個別命令，就是最好的證明。」

「也許，這是故意要加深邦友他們嫌疑的手段。」

「嗯，這樣的可能性也不是完全沒有。國王是有可能利用備用命令，讓邦友他們跳進黃河也洗不清。如果從這方面去想的話，那麼國王有可能是男生。」

「男生？女生也有可能吧。」

「那是不可能的。」

海音斬釘截鐵地否認。

「對於女人，我有自信絕對不會看走眼。現在還活著的女生就只有我、萌華、若英、美佳、雪菜、志玲、勤席、愛理、理緒9個人而已。我看不出這裡面哪一個像是以殺人為樂的連續殺人魔。除此之外，還有其他證據可以支持女生不是國王的論點。」

「什麼證據？」

「翔真，你還記得在第4道命令的時候，永明以抽籤的方式殺了芮琴那件事吧？既然是以抽籤的方式來決定哪個女生要受罰，那麼，如果國王是女生的話，不就很危險嗎？萬一被抽到籤，國王就死定了。這就是為什麼我敢斷言，國王不是女生的理由。」

「……或許，國王根本不在乎自己的死活啊。」

聽到翔真的反駁之詞，海音不禁笑了。

「也是有這種可能。可是，我想國王也不希望自己死在遊戲的中途吧？就算想死，也會在遊戲最後才死。當然啦，如果國王是不用大腦的笨男生，就有可能這麼做。」

「……海音，妳討厭男生嗎？」

「聽你的語氣，好像知道我喜歡女生的事了。」

「……嗯。」

「好吧，其實也沒必要隱瞞。我是喜歡女生，我甚至認為醜男人應該從這個世界上消失。」

「……還說呢，妳自己不也打扮成男生的樣子嗎？」

「因為這種打扮才能吸引喜歡男人的女孩子啊。」

海音舔舔嘴唇，視線移到翔真背後的若英。

「喂，若英，要不要加入我這一國？」

「咦？我？」

若英眨了眨眼睛問。

「是啊，妳是我喜歡的那一型。大眼睛、肌膚細嫩，而且我也不討厭雙馬尾。還有，至少我的陣營裡面沒有國王的嫌疑者。」

「妳說的國王的嫌疑者，是指邦友他們嗎？」

「是啊。昨天之前一直被監視的那3個人，每個都嫌疑重大。」

「……我不認為邦友是國王。」

「咦？為什麼妳這麼肯定？」

海音將細長的眼睛瞇得像針一樣細，質問若英：

「邦友寫過關於凱爾德病毒的論文，他對凱爾德病毒非常熟悉，而且很感興趣。國王一定也是這種人。這樣妳還相信邦友嗎？」

「嗯，因為邦友是翔真的朋友。」

「……翔真的朋友？」

海音瞄了翔真一眼。

「唉，算了。等翔真死了，妳的想法就會改變了。」

「妳是說，我會死嗎？」

「可能性很高喔。因為你太相信別人了。」

「那又不是壞事。」

「若是在平常，的確不是壞事，可是在國王遊戲之中就難說了。你深信不疑的理緒不是背叛你了嗎？而且，你還差點因此死掉呢。」

「那是因為……」

「在國王遊戲之中，太相信別人是會吃大虧的。連這點道理都不懂，要怎麼生存下去呢。我看，搞不好下一道命令你就會死了。」

「妳認為，還會有下一道命令嗎？」

「當然。雖然國王也有給自己下個別命令，不過應該不是難以達成的命令。」

海音用冰冷的視線看著翔真。

「國王遊戲還沒有結束。未來還是會有人被殺死。」

「未來……？」

翔真感到一陣毛骨悚然。

【8月9日（星期六）下午3點5分】

翔真和若英走進餐廳，就看到永明和愛理坐在椅子上，兩人之間似乎有點火藥味。

翔真靠近永明，抓住他的肩膀。

「永明！你在做什麼？」

「我們在玩抽鬼牌的遊戲，以生命為賭注。」

永明指著攤開在桌子上的撲克牌說。

「我和愛理輪流抽牌，誰先抽到鬼牌誰就輸。這是我想出來的即興遊戲。」

「難道，輸的人要……」

「沒錯，要接受國王遊戲的懲罰。」

「你怎麼還在做這種事？」

「你誤會了，這次是愛理挑上我的。」

「愛理？」

翔真看著坐在桌子對面的愛理。

愛理點點頭。她的臉色看起來非常蒼白。

「是啊。我的個別命令是『神內愛理要在20個小時之內挑選一個人，和他玩遊戲。遊戲內容由玩家自行決定。輸的人要接受懲罰』。」

「輸的人要接受懲罰……」

「我挑了永明。因為要是我贏了，他受罰會讓我最沒有罪惡感。」
愛理瞪著永明說。
「因為永明在第4道命令的時候，殺死了芮琴。」
「那是抽籤決定的。」
永明的臉頰抽動著。
「而且那時候，全部的女生也都贊成不是嗎？要是那時候我沒達成命令的話，大家早就因為國王遊戲的懲罰而死光了。」
「是啊，那時候我們是抱著一死的覺悟。可是你卻玩弄我們嚴肅的心情，要我們脫光衣服。」
「啊，那只是開玩笑而已。」
「當時的情況，適合開玩笑嗎？」
愛理冰冷的視線，讓永明感到害怕。
「不過，我會挑上你一起玩遊戲，還有別的原因。」
「什麼原因？」
「我認為你也是國王嫌疑者。」
「妳懷疑我是國王？」
「沒錯。邦友、竹諾、悠人他們都在眾人的監視之下。可是在這段期間，我們依然收到新的命令，所以，國王極可能是另有其人。」

「照妳這樣說，在這裡的翔真也有嫌疑不是嗎？」
永明看了一眼站在自己背後的翔真。
「不只是翔真，海峰和古漢也有嫌疑。另外有幾名女生也很詭異。比方說，我一直感到很懷疑，為什麼勤席可以那麼冷靜。雪菜也是，原本活潑開朗的她突然變得膽小如鼠。」
「可是，嫌疑最大的是你。雖然沒有悠人那麼冷血，不過也是殺人不眨眼的那一型。」
「……反正不管我說什麼，妳都不會相信吧？」
「對。就算你不是國王，我也不會後悔殺了你。」
愛理的眼睛看著攤開在桌面上的撲克牌繼續說。
「那麼，開始玩吧。這是你想出來的遊戲，應該沒什麼好抱怨的吧？」
「是啊，規則很簡單，誰抽到鬼牌誰就輸。這樣我才有機會打敗妳這個聰明的副領隊。」
「是啊，玩這個遊戲的確是要靠運氣。」
「從誰先開始？」
「由你開始吧。這是你提議的遊戲，這樣你沒意見吧？」
「……好。反正抽中的機率差不多。」
永明做了一個深呼吸之後，表情認真地看著桌面上攤開來的撲克牌。
「包括鬼牌在內，撲克牌的張數是53張，所以第一次抽中的機率是53分之1……」
「請你快點好嗎？」
「不要那麼急嘛。這是抽到鬼牌就會喪命的死亡遊戲啊。」

永明把臉靠近桌面，仔細觀察上面的撲克牌。
「……這張？……不，還是挑這邊這張好了。」
一面喃喃自語，一面翻開左邊的撲克牌。是手上拿花的女性圖案。
「原來是紅心皇后……一開始就抽到女王，是個好兆頭呢。」
「為什麼抽到紅心皇后是好兆頭？」
「那張代表的是皇后。我認為，這表示美麗的女王在保護我這個騎士。」
「我可不認為你是騎士。當然，你愛怎麼想都與我無關。」
愛理說完，伸手抽了一張右手前方的卡片。上面的數字是黑桃8。
「好，輪到永明你了。」
「……這麼快？妳都不用思考嗎？」
「這裡還有很多張。以機率來看，應該不會這麼快就抽到鬼牌。」
「沒想到副領隊的膽子這麼大。」
「有所覺悟就敢放手一搏。總之，我會在這場遊戲中活下來。」
「我也是，絕不會在這時候死掉。」
永明用手背抹去額頭上的冷汗，伸手又抽了一張牌。混亂的呼吸聲，連翔真都聽得非常清楚。
不知不覺，翔真感到喉嚨異常乾渴。
——以愛理的命令內容來看，她和遊戲對手之中必定會死一個。雖然這次的個別命令大部分都可以輕鬆達成，但是愛理的挑戰卻非常危險。

「翔真。」

永明挑選撲克牌時，對翔真說道：

「你支持哪一邊？」

「支持哪一邊？」

「我和愛理，你希望哪一個活下來？」

「……你們兩個我都不希望有誰死掉。」

翔真猶豫了幾秒後這麼回答。

「老實說，我是不欣賞你的作為和想法，可是也不希望你死。畢竟我們都是研習營的伙伴。」

「研習營的伙伴啊？翔真，你怎麼還是那麼單純。如果我是你，我會支持愛理。」

「為什麼你會支持愛理？」

「因為幾乎可以確定她並不是國王。」

永明盯著正在挑選撲克牌的愛理，歪著嘴說。

「如果愛理是國王，絕對不會出這樣的命令。因為要玩什麼遊戲，是由雙方決定的，這對愛理而言不見得有利。也就是說，如果愛理是國王，根本沒有理由讓自己冒這麼大風險不是嗎？真是可惜啊。」

「可惜？」

「是啊。只要我贏了比賽，就可以確定愛理不是國王，可是她卻得死。」

「既然捨不得我死，那就換你去死吧。」

愛理的聲音比平常要低沉。

「你的命令一定很簡單吧？」

「哪裡簡單了。我的命令是『林永明要拍攝10具屍體的照片』。」

「屍體的照片？」

翔真驚訝地大聲說。

「那你達成命令了嗎？」

「當然。不過大部分的屍體都被掩埋了，我花了不少時間才把他們挖出來。有些屍體都爛了，味道很臭呢。」

「唔……」

一想到腐爛的屍體，翔真的臉色都發白了。

看到翔真的反應，永明忍不住想笑。

「都看過那麼多死人了，應該習以為常了吧。」

「怎麼可能習以為常！」

「妳也明白了吧，愛理。」

永明的視線重新回到愛理身上。

「雖然我的命令不難達成，不過，一般人對拍攝屍體照片都很排斥，況且我還得要拍10具呢。」

「如果是國王，應該不會在乎這些吧。」

「的確，說不定國王會很開心。」

「不要再廢話了，快抽牌吧，輪到你了。」

「知道啦。這是第9張了吧。」

永明翻出來的卡片是紅心A。

「嗯。這張牌也不錯。」

「除了鬼牌之外，抽到什麼牌都沒差吧。」

愛理很快又抽出一張牌。這次是鑽石7。

「好。又輪到永明你了。」

「……嘖！」

原本嘻皮笑臉的永明，表情慢慢起了變化。

「妳怎麼還沒抽到鬼牌啊，副領隊。」

「彼此彼此。」

「我一定不會抽到鬼牌的。」

永明把整齊的瀏海往上撥，雙手就這樣擱在頭頂。他一臉嚴肅地靠近桌面，眼睛睜得又大又圓，連瞳孔都可以看到撲克牌的影子。

「我不會死在這裡的，我要活下去。」

他用顫抖的手抽起一張卡片。是梅花3。

愛理的臉色也越來越難看了。

「果然是難纏的對手。你就快點把鬼牌抽走吧。」

「我有美麗的皇后在保護我啊。」

「你只是第一張剛好抽中皇后而已。」

愛理皺起雙眉，在永明的目視下又挑了一張牌。

「是鑽石國王。現在只剩下41張了。」

「越來越危險了呢。」

永明做了一個深呼吸，謹慎地思考著。

這時，站在翔真背後的若英靠近他的耳邊說：

「翔真，這個遊戲，有辦法停止嗎？」

「我想沒辦法吧。」

翔真張開緊閉的嘴唇說。

「愛理和永明的遊戲一旦開始，其中一人一定會受到懲罰。」

「這麼說，又有人會死嗎……」

翔真了解若英的感受，也感到懊惱不已。

——愛理是個認真盡責的副領隊，而永明在國王遊戲開始之前，表現也都很正常。為什麼現在會變成這樣呢？

翻開自己選擇的撲克牌瞬間，看到不是鬼牌時，愛理大大地吐了一口氣。

「現在只剩下9張了。」

「……這是怎麼回事？」

永明瞪著愛理問。

「為什麼抽不出鬼牌？」

「我可沒有作弊喔，這副撲克牌是永明你自己拿來的。」

「我知道。可是按照機率，鬼牌應該出現了啊。」

「神大概也在傷腦筋，該讓我們之中的誰活下去吧。」

「別說傻話了，這世界上哪有神。」

永明抽出斜前方的一張卡片。

「太好了！梅花9。只剩下8張了。」

「好，那我抽這張。」

愛理很快又抽出一張牌。是黑桃2。

「剩下7張了。」

「……怎麼會這樣？」

「你的臉色很難看呢，永明。」

「不可能……」

「不可能？什麼意思？」

「沒、沒什麼……」

永明的視線從愛理的身上移開，開始挑選卡片。是鑽石A。

「太好了！接下來換愛理了！」

「是嗎？只剩6張了……」

愛理盯著永明瞧。

「永明，你發現了嗎？」

「發現什麼？」

「像這樣一直抽不出鬼牌的話，那麼，最後一張牌會輪到誰抽？」

「……剩下最後一張牌？那是不可能的！」

「在正常狀況下的確不可能。問題是，如果真的變成那樣的話，就太有趣了。比方說，你明知道最後一張是鬼牌，卻只能挑那張。」

愛理看著桌面上蓋著的撲克牌說道。

「我要挑的是剩下的第6、第4、第2張。只要這三次都沒抽到鬼牌，就不會受罰了。」

「妳會抽到鬼牌的。」

「不、你才會抽到鬼牌，如果這世上有神的話。因為我比你有活下去的價值。」

「為什麼？」

「打從國王遊戲一開始，你的所作所為就充滿了惡意。神不可能讓你這種人活下去的！」

愛理用強硬的語氣說道，同時伸出手去摸中間的一張卡片。

「我相信，最後活下去的人是我。」

「……是啊。如果有神的話，或許祂會讓妳活下去吧。」

永明的眼睛閃過一道光芒。

「可惜，這世上沒有神，所以妳會抽到鬼牌。」

「我絕對不會抽到。」

愛理把剛才摸的那張牌翻過來。

瞬間，愛理的臉色變得慘白。

「怎……怎麼可能……」

翻開的那張撲克牌從愛理的手中滑落。牌面畫的是身穿五顏六色衣服的小丑。

「為、為什麼是我抽到鬼牌？不可能……」

這時，空氣中傳出詭異的斷裂聲。愛理的脖子斷了。

「啊……啊……」

她的脖子彎成直角，上半身砰的一聲趴在桌上。

「愛理！」

翔真抓住愛理的肩膀，想扶她起來。不過當他看到愛理詭異彎曲的脖子，頓時停下了動作。

「這不是真的吧……為什麼愛理會……」

愛理的上半身持續痙攣。擱在桌面上的手指，像在彈鋼琴一樣抽動著。

不一會兒，愛理的動作停了下來。永明大大地鬆了一口氣。

「好險，我還以為她發現撲克牌上面的記號了。」

「記號？」

原本看著愛理的屍體發呆的翔真，轉頭看著永明。

「什麼意思？」

「我在撲克牌的背面做了記號，就算不翻面也可以知道是什麼牌。比方說，這張是紅心3。」

說完，永明隨手翻開一張卡片，果真是紅心3。

「這副撲克牌，是為了變魔術而準備的，我沒想到會在這時候派上用場。老實說，我也嚇一跳。因為愛理一直沒有抽到鬼牌，所以我以為她知道記號的事。幸好她最後還是抽到鬼牌，可見她並不知道。」

「你、你……」

「拜託，不要再說教了。」

永明從椅子上站起身，往後退了幾步。

「愛理也同意使用這副撲克牌喔！要玩什麼遊戲雖然是由我決定，可是她也同意啊！」

「可是，使用這副撲克牌太卑鄙了吧。」

「你怎麼還說這種話。在國王遊戲之中沒有所謂的光明正大。愛理雖然聰明，不過終究還是敵不過我。」

「永明……」

「翔真，之前我在男廁的時候說過了。我一定會在這個死亡遊戲中活下來。雖然我沒想到愛理會選擇我跟她單挑，不過我還是活了下來，而且，我還要活到最後。」

永明發出一陣狂笑，走出了餐廳。

【8月9日（星期六）傍晚5點30分】

看到從盥洗室出來的雪菜，翔真趕緊跑上前去。

「等等，雪菜。」

「啊、翔真。」

雪菜大概是剛洗完頭髮，頭上還纏著毛巾。身上穿的T恤也和昨天不一樣。

「剛洗完澡嗎？」

「嗯。我已經達成個別命令了。」

「是什麼樣的命令？」

「『立花雪菜要收集到四葉幸運草』。」

「四葉幸運草？就是酢漿草吧。這座島上找得到嗎？」

「在山的東面有。我也是花了不少時間才找到四葉幸運草的。」

雪菜拍拍短褲的後口袋，四葉幸運草就放在裡面。

「翔真，你的命令達成了沒？」

「……還沒有。」

「還沒有？是很難的命令嗎？」

「是光靠我自己無法達成的命令。所以，我才來找妳幫忙。」

「幫忙？是什麼樣的忙？」

「……我想請妳跟我接吻。」

「嗄？接吻？」

雪菜的眼睛睜得又大又圓。

「這是翔真的命令嗎？」

「是的。我收到的命令是『天海翔真要和三位女生接吻』。現在只差一個，要是無法達成的話，我就要受罰。」

「……只差一個？也就是說，你跟2個女生接過吻了？」

雪菜用質疑的眼神瞪著翔真。

「你和誰過吻了？」

「若英和理緒。」

「若英跟你同一陣營，這我還能理解。可是理緒怎麼會救你呢？之前她差點殺了你呢。」

「嗯。也許她只是一時興起。不過，的確是幫了我很大的忙。」

「是喔。那麼，為什麼會找我當第3個女生呢？」

被雪菜這麼一問，翔真的臉頰動了一下。

「因為妳比較好說話。」

「只是因為這樣？」

「我實在找不到其他可以幫我的女生了。啊、志玲或許願意幫我吧，之前她也吻過我。」

「志玲是有可能跟你接吻。不過如果是我的話，可不想跟自己不喜歡的男生接吻。」

「……是嗎?那我知道了。」
翔真對雪菜，深深低頭致歉。
「對不起。向妳提出這種奇怪的要求。我會再去拜託其他女生……」
「等等!」
雪菜拉住翔真的手。
「我又沒說不和你接吻!」
「咦?可是，妳剛才說不想和自己不喜歡的男生接吻……」
「只要跟自己喜歡的男生就可以啊!」
雪菜紅著臉，抬起眼睛看著翔真。
「你不要誤會。我可不是說我愛你喔，只是不討厭，偏向喜歡。而且之前你也救過我啊!」
「妳真的願意?」
「……嗯。如果對象是翔真的話，我很願意。」
「啊……謝謝妳，雪菜。」
翔真凝視雪菜。
「那麼……我……」
「啊、等一下!」
看到翔真逼近的臉，雪菜往後退了一步。
「給我10秒鐘的時間，讓我做個深呼吸。」

「……難道，妳以前沒接過吻？」

「沒禮貌。當然有啊，以前念幼稚園的時候，我和好朋友亞美接過吻。」

「什麼啊！都這個時候了，還有心情說冷笑話。」

「不管那些了，我們接吻吧。」

說完，雪菜閉起了眼睛。

她微微地抬起臉，靜靜地等待。翔真的胸口突然感到一陣熱流湧上來。

「謝謝妳，雪菜。」

翔真再一次謝過後，把臉湊近了雪菜。

【8月9日（星期六）晚間8點45分】

「翔真！你的命令真是吃香，好羨慕喔。」

餐廳裡，東河嘟著嘴說。

「我可是拼了命才釣到30公分以上的大魚，你卻在和三個女生接吻？」

「這有什麼辦法呢！不達成命令的話，我就要受罰而死了。」

翔真一面說，一面拿尺量擺在桌面的一尾鯖魚。

「很好……確實有超過30公分。東河的命令達成了。」

「釣起來的時候我就量過了。之前釣的小魚我放回海裡了，只帶這一條回來。」

「對了，在今天午夜12點以前，你要隨身帶著這條魚喔。」

「嗯，之後就可以烤來吃了，就用鹽烤吧。」

「希望到時候我們有那個閒工夫。」

坐在窗戶旁邊的邦友喃喃自語說。

「我想，下一道命令還是會再來的。」

「果然是這樣。」

東河粗厚的手臂交叉，發出沉吟。

「在這次的命令中，克也和愛理死了，所以現在只剩下……」

「17個人。男生9人，女生8人。其中有一個是國王。」

聽到邦友這麼說，翔真開口了。

「邦友，克也有沒有可能是國王？」

「……不可能吧。如果克也是國王，就不會掉進理緒的陷阱裡。國王應該知道理緒的命令內容。」

「說得也是……愛理也是，會收到那樣的命令，就表示她不是國王。」

「嗯。因為愛理的命令有可能讓自己也受到懲罰，所以她應該不是國王。」

「到底誰才是國王啊！」

翔真用力拍打桌面。

——邦友、東河不可能是國王。若英、美佳、還有雪菜也是。這5個人都沒有問題。這樣看來，應該是剩下的11個人其中之一了。

海峰、古漢、龍義、竹諾、悠人、永明、理緒、志玲、勤席、海音、萌華，這幾人的身影，在翔真的腦海裡輪流浮現。

邦友從座位上站起來，走到窗戶旁邊。窗戶破了一塊，濕暖的海風從那裡吹進了餐廳。

「古漢說過，國王的動機是享受殺人的樂趣。」

邦友的聲音在昏暗的餐廳裡響起。

「如果，國王打算把凱爾德病毒或是奈米女王賣給恐怖組織的話，應該會在遊戲開始的第一天，就把我們全部弄死吧。就算有其他理由也一樣。」

「嗯，這點我了解。」

翔真走到邦友的身邊，點頭說。

「國王一定是想看到我們起內訌、互相競爭。」

「嗯，而且可能打算在最後同歸於盡。」

「之前美佳的精神狀況還正常的時候，就懷疑國王可能打算跟大家一起死。」

「所以說，這個可能性相當高。」

反射在破玻璃上的邦友，緊緊地皺著眉頭。

「國王沒有接受龍義的提案，繼續玩國王遊戲。隨著嫌疑人的數量越來越少，國王的身分遲早會曝光。」

「遲早……是嗎？」

「是的。如果國王的嫌疑人越來越少，最後只剩下你、東河和悠人活著。這個時候，你認為誰會是國王。」

「當然是悠人。」

翔真不假思索地回答。

「滿腦子只想著美食和女生的東河，不可能是國王。」

「喂！翔真！」

東河大聲說。

「我在釣魚的時候，也有想過誰是國王這個問題。」

「是嗎？那你認為誰是國王？」

「最有可能的就是竹諾。竹諾小時候不是殺過天竺鼠和小貓嗎？這好像是連續殺人魔的特徵之一。而且，他很聰明、又擅長電腦。另外就是，和這次的個別命令有關。」

「竹諾的個別命令是『拔掉自己左小指的指甲』。我認為這個命令並不容易達成。」

「可是我倒認為，這樣反而奇怪。」

東河指著放在桌子上的魚說。

「比方說，我或若英如果是國王，那麼我們的命令就很危險，因為我們有可能抓不到魚或是蝴蝶。而竹諾的命令雖然會痛，不過只要牙一咬，就可以達成。」

「照你這麼說，其他人的命令也一樣吧。萌華的命令是『要收集到一顆人的眼珠』。這個命令雖然噁心，但是只要有屍體，就可以達成不是嗎？」

「是的。不過你想想看，命令太簡單反而會讓人懷疑自己是國王，不是嗎？」

「相反的，竹諾的命令因為必須傷害自己的身體，所以大家就會認為他不是國王……對吧？」

聽到翔真的低語，一旁的邦友開口說。

「有道理，國王有可能抱著同歸於盡的打算，不過他還捨不得放棄享受國王遊戲的快感，所以不會讓自己的身分在中途就曝光。」

「總之，我們得想辦法阻止國王遊戲的命令繼續傳來。」

翔真握緊拳頭說。

「那就繼續監視嫌疑最高的竹諾吧。」

「等等。悠人、我、竹諾之前一起被監視，可是新的命令還是下來了啊。」

「海音不是說過，這次的命令可能是備用命令嗎？」

「……備用？如果國王預料到自己會像昨天那樣被監禁起來，的確有可能會事先設定幾個備用命令。」

「所以，這次要讓對方不知道自己被監視。」

翔真確認了一下智慧型手機顯示的時間。

「假使國王是依照最新的狀況，來決定命令內容的話，那麼這時候應該要開始行動了。也就是利用藏起來的手機，傳送命令給灌有奈米程式的電腦。要是能在這時候逮個正著，國王就百口莫辯了。」

「好，我們分頭監視有國王嫌疑的人。除了竹諾之外，另外幾個也有嫌疑。悠人、永明，他們的行事作風都很像國王。」

「可是，女生都沒有嫌疑嗎？」

東河問邦友。

「有些連續殺人魔也是女性喔。」

「嗯。不過要監視女生有困難。總不能跟著她們去浴室或上廁所吧。」

「唉，說得也是。現在若英也忙著照顧美佳。」

「總之，先監視男生。竹諾、悠人和永明就由我們3個人分頭監視，應該沒有問題。」

「我去監視竹諾。我早就懷疑他是國王了。」

「我監視永明，翔真負責悠人。」

「好，我去監視悠人。」

翔真神情嚴肅地點頭。

命令8

【8月9日（星期六）晚間11點47分】

來到醫院廢墟的入口前，悠人突然停下腳步。在後面跟蹤悠人的翔真把頭壓低。

悠人察看了一下四周後，把手電筒的燈關掉，走進醫院裡。

「那傢伙……為什麼會在這個時間來這裡？」

——悠人喜歡標新立異才會被懷疑是國王，不過也許他真的是國王。說不定他把手機藏在醫院裡面，從這裡傳送命令。

翔真悄悄地走進醫院裡。

瞬間，手電筒的燈光突然照在翔真臉上。

「唔！」

「啊、翔真？」

拿手電筒的是悠人。他歪起嘴角，慢慢走向翔真。

「我知道有人跟蹤我，只是沒想到原來是你。」

「……原來你早就發現了。」

「是啊。現在不是在玩國王遊戲嗎？你幹嘛跟蹤我？」

「監視國王的嫌疑人啊。」

翔真伸手擋開手電筒的光線，這麼回答悠人。

「等等！昨天我一直被你們監視，結果國王的命令還是繼續傳來了不是嗎？為什麼還懷疑我？」
「因為這次的命令太過保守，可能是備用命令。」
「備用命令？」
「國王可能預料到自己會被監視，所以事先設定好可以自動發送，比較容易執行的命令。」
「……喔——原來是這麼回事？」
悠人提高音量說。
「你的意思是，國王事先安排好可以因應各種突發狀況的命令是嗎？等到監視解除之後，再把命令換回來？」
「是有這種可能。這是海音的看法。」
「喔，是海音啊。所以，你就跟蹤我？」
「是的。如果事先設定好可以自動傳送的備用命令，那麼就算被監禁，也不會有影響。」
「拜託，我以為自己好不容易擺脫了國王的嫌疑呢。」
「那你解釋看看，為什麼在三更半夜跑到醫院來？」
翔真瞪著悠人問。
「你該不會是把灌有奈米女王程式的筆電藏在這裡吧？」
「怎麼可能。我知道有人在跟蹤我，如果我是國王，在醫院裡藏了什麼東西，早就直接跳過這裡，往山裡走去啦。」
「那你來醫院做什麼？」

「來找武器啊。」

悠人伸出左手拇指和食指，比出手槍的形狀。

「我只有美工刀，萬一真的打起來，威力還是不夠，所以我想弄到殺傷力更大的武器。」

「武器……？」

「找武器並不奇怪吧？古漢不也有幾把刀子嗎？其他人也是。就算不是國王遊戲的命令，可是難保不會自己人攻擊自己人。」

「你是說，攻擊有國王嫌疑的人嗎？」

「嗯。這是現在能讓國王遊戲結束的唯一方法。只要把嫌疑人全部殺光，就算不知道誰是國王也沒有關係。」

手電筒照在悠人的笑臉上，因為笑容充滿了邪惡，令翔真不由得打了個寒顫。

「你又在想那件事？」

「除了我以外，其他人也會這麼想吧。畢竟只剩下17個人了。」

「……你最懷疑的人，應該是竹諾吧？」

「沒錯。如果那些備用命令事先就設定好，那麼，有沒有被監視根本沒差。」

「我不會讓你殺了竹諾的。」

「嗯？聽你這麼說，好像肯定竹諾不是國王囉？」

「不。老實說，我們也懷疑竹諾可能是國王。」

「你說的我們，是指你、邦友、還有東河嗎？」

悠人斜著頭，轉頭看著被手電筒燈光照亮的斑駁牆壁。圓形的燈光像活的生物一樣，在牆壁上移動著。

「嗯……明明懷疑竹諾，卻不准我殺他，這不是很矛盾嗎？竹諾並不是你們那一掛的啊。」

「如果因為有嫌疑就把人殺死，這樣的話，你也可能會被殺喔！」

「你現在是在替我擔心嗎？」

「不只是你，我和我的好朋友也可能被殺。因為彼此猜忌而自相殘殺。要是真的變成這樣，我們全都活不了啊。」

翔真握緊拳頭說。

「我認為應該先找出國王，把他關起來，強迫他解除國王遊戲。否則的話，我們的處境會更危險。」

「更危險？」

「是的。就算殺了國王，那些事先設定好的備用命令有可能會繼續執行。如果是這樣，那麼就算殺了國王也沒有意義。」

「……備用命令？的確，如果是這樣，就不好殺死國王了。」

悠人用手電筒敲敲自己的肩膀，嘆氣說。

「好吧，我會考慮你的建議。」

「不是考慮，而是要避免無意義的殘殺。」

「你說得倒輕鬆，現在是在玩國王遊戲，總得視情況殺人吧。反正，很快就……」

這時，翔真和悠人的手機同時響起簡訊鈴聲。

「瞧，命令果然又來了。」

「可惡！這次會是什麼命令？」

【8／10星期日00：00　寄件者：國王　主旨：國王遊戲　本文：這是紅島上所有人都必須參加的國王遊戲。國王的命令絕對要在時限內達成。※不允許中途棄權。※命令8：12小時之內，在紙上寫下自己以外另一個人的名字。12小時之後，國王會決定懲罰其中一人。要是被國王指定的人，名字被寫了兩張以上的話，國王就會受到懲罰。　END】

「嗄？國王會受到懲罰？」

翔真吃驚地重複看了幾次。

「這是怎麼回事？這樣的話，國王不是有可能會死嗎？」

「確實是這樣。」

看著手機的悠人張開緊閉的嘴唇說。

「不過，我了解國王之所以出這道命令的理由。」

「什麼理由？」

「國王想和不是國王的人，進行一場生命的競賽。」

在手電筒的照射下，悠人的瞳孔發出像寶石般的冷光。

「這次的命令，國王並沒有壓倒性的優勢。要是國王指定的那個人名字被寫了兩張以上的話，國王就會受到處罰。我想，這是國王為了讓遊戲更精彩刺激，才發出的命令吧。」

「更精彩刺激？可是，他自己也有可能會死啊。」

「就是這樣才有趣啊。」

悠人呵呵地笑了起來。

「看來，這是國王和非國王的人之間的生死賭局。運氣好的話，國王就會受到處罰，國王遊戲也會到此結束。」

「那也得讓國王指定名字被寫了兩張以上的人才行。如果我們剩下的這17個人商量好的話……就有8個人的名字可以被寫2次。」

「要大家商量好是不可能的，別忘了國王就潛伏在我們之中啊。」

「說得也是，不能讓國王知道太多。」

翔真舔舔乾澀的嘴唇。

——既然不能跟大家商量，那就只能各自寫了。這樣的話，有可能每個人的名字都只寫一次。或者，有人的名字被寫了3次以上，這樣就沒有意義了……。

「悠人，你要寫誰的名字？」

「這我可不能說。」

悠人拿起手電筒照在翔真的臉上笑著回答。

「因為我也懷疑你可能是國王，所以不可能透露我寫了誰的名字。」

「你還懷疑我是國王嗎？」

「當然，而且可能性還提高了，因為你還活著。」

「你自己還不是活到現在？再說，我是國王的話，有必要跟蹤你嗎？」
「誰知道這是不是國王的伎倆？假裝自己懷疑某個人，突顯自己並不是國王。」
「你這個人實在是……」
「唉，我也沒有斷言你就是國王，畢竟我不是福爾摩斯。在我看來，每個人都有嫌疑，只不過有優先順序就是了。」
「每個人都有嫌疑……？」
就在這時候，翔真和悠人的手機同時響起簡訊鈴聲。
「怎麼又有簡訊？」
翔真察看了一下簡訊，是龍義寄來的。
「龍義……？」
「我的也是龍義傳來的。上面寫著到第1會議室集合。大概是要商量事情吧。」
「有可能。至少在這次的命令之中，國王以外的人並不需要彼此競爭。要是能趁這次的機會，終止國王遊戲就好了。」
翔真咬著牙說。

【8月10日（星期日）凌晨1點30分】

「所有人都到齊了吧？」

龍義的眼睛來回看著在座的16名高中生。

「你們都看過新的命令了嗎？」

「當然。」

志玲搖搖手中的手機說。

「可是，為什麼國王會發出這種自己也有可能會死的命令呢？」

「如果國王早有一死的覺悟，是有可能發出這種命令。悠人推測，國王似乎是想和非國王的人，玩一場生死競賽。」

「嗯……悠人是這樣推測的嗎？先不管這個了。現在該怎麼辦？既然國王潛伏在我們之中，根本不可能事先說好要在紙上寫誰的名字吧。」

「只好照自己的意思，寫一個除了自己以外的人名了。」

「最糟糕的情況是，每一個人的名字都被寫一次，如果是這樣就毫無意義了。當然，要是我們都寫同一個人的名字，國王挑上那個人的機率也很低，所以……」

戴眼鏡的龍義把眼睛瞇成一條縫，來回看著每個人。

「我認為，應該把有國王嫌疑的人排除在外，然後大家再來商量。」

「這個主意不錯。那麼，誰是國王的嫌疑人？」

志玲提出這個疑問之後，第1會議室裡的氣氛頓時陷入一片凝重之中。
勤席默默地從椅子上站了起來。
「海音說過，昨天的命令可能是備用命令。如果是這樣，昨天被關在房間裡受監視的邦友他們，一樣不能排除嫌疑。」
「說得沒錯。」
龍義低聲說。
「所以，確定要把邦友、悠人、竹諾排除在外了。另外，永明和古漢呢？」
「等等，我也有嫌疑嗎？」
古漢歪起嘴笑著說。
「我看起來像是會玩這種蠢遊戲的人嗎？龍義。」
「正因為看不出來，所以才可疑。而且大家都知道，你殺人不眨眼。」
「關於這點，你也好不到哪裡去。」
「你的意思是，我也可能是國王嗎？」
「是啊。因為你很聰明，僅次於海峰。」
「只因為這點就懷疑我？」
「不，我是因為你在第2道命令中的行為才懷疑你的。」
古漢歪著頭，手摸著下巴的鬍渣說。
「在第2道命令中的膠囊可能有毒，你卻毫不猶豫就吞下膠囊。」

「那是因為不吞膠囊就會受到懲罰，我當然要照做啦。我記得當時的命令，是吞的膠囊數量最少的人要受罰。」

「可是，我有說過如何掩人耳目的方法吧？就是假裝吞到毒膠囊，讓除了自己以外的3個人送死就行了。」

「啊，你是有這麼說過，那又怎麼樣？」

龍義頂了一下鏡框，細長的眉毛抽動著。

「我的意思是，有吞膠囊的人才可疑。因為，國王早就知道哪種顏色的膠囊有毒了。」

「啊……」

「那個時候，永明、理緒都沒有吞下膠囊，另外幾個人也是。」

「另外幾個人……？」

「沒錯，夠聰明的人都知道，只要假裝吞就行了。唯獨你卻沒有發現？你可是聰明程度僅次於海峰的人呢。」

「那……那是因為，當時的我六神無主啊。」

「六神無主？好吧，你也只能這樣說了。」

古漢臉頰上的傷痕微微地抽動著。

「如果我有嫌疑，在座的各位也一樣脫不了嫌疑，包括你在內。因為現在，我們只剩下17個人了。」

「那麼，你說該怎麼做？既然大家都有嫌疑，那就各寫各的囉。」

聽到龍義的發言，原本沉默不語的海峰開口了。

「必須分成3人以上的小組才行。」

大家的視線頓時集中到海峰身上。

海峰彷彿不在意自己成了焦點，淡淡地繼續說下去。

「分成3人以上的小組後，再討論要寫誰的名字。這麼一來，國王就無法掌握誰的名字被寫了2張以上。」

「慢著，海峰。」

翔真從椅子上站了起來。

「你說的3人以上的小組，該怎麼分呢？」

「讓彼此認為不是國王的人同一組，這樣比較不容易受到懲罰。不過，如果不幸和國王同一組的話，恐怕就……」

「國王就會知道誰沒有被寫2次名字，而指定那個人對吧？」

「就是這個意思。所以小組的分法很重要，畢竟關係到自己的性命。」

聽到海峰的發言，大家的臉色都變得異常凝重。

【8月10日（星期日）凌晨2點43分】

翔真看到若英走出房間，立刻出聲叫住了她。

「若英，美佳現在的情況怎麼樣？」

「嗯，剛剛睡著了。」

若英小聲說，輕輕地把門帶上。

「她一直都沒睡，一定累壞了。」

「是啊……她能夠入睡，真是太好了。」

翔真鬆了口氣說道。

——美佳的精神還沒有恢復。幸好這次的命令只需要在紙上寫名字，她應該辦得到。要是那種需要跑來跑去的命令，可就不妙了。不管如何，得想辦法讓她早點恢復才行。

「喂，翔真。」

東河從背後抓住翔真的肩膀。

「這次的命令，就由我們5個人組成一隊怎麼樣？」

「好。我也正有此意。我、東河、邦友、若英和美佳，我想我們之中應該沒有國王。」

「有些人的名字要寫2次，而我們有5個人，所以要寫……」

「2個人吧。」

邦友喃喃地說。

「以5人小組的我們來說，只能夠保護2個人了。」
「保護……？」
翔真緊閉起眼睛，陷入思考。
——名字被寫了2次以上的人，就算被國王指定也不會受罰，也就是絕對不會死。可是如果是其他人被指定，就要受罰而死。所以，雖然可以救2個人，但是其他3人還是有可能因為被指定，遭受懲罰而死。
翔真緊閉嘴唇，用力咬著牙。
——雖然這次的命令有機會可以扳倒國王，可是，還是要以保護同伴為優先。
「邦友……東河……」
「我知道。」
邦友沉穩地笑著說。
「你想說，把寫2次名字的機會讓給若英和美佳對吧？」
「……是的。所以，要是我、邦友、或東河被國王指名的話，就要受罰了。」
翔真看著地面，肩膀微微地顫抖。
「秋雄生前交代我要照顧美佳，而且，美佳和若英都是女孩子……」
「嗯，在這個時候，男生是應該要保護女生才對。」
「翔真、邦友。」
若英驚訝地搖頭。

「我無所謂。不要因為我是女生，就給我特別禮遇。」
「別這樣，就給男生一個表現紳士的機會吧。」
邦友露出雪白的牙齒，對若英微笑著說。
「對吧，東河？」
「是……是啊，那是當然了。」
東河點頭同意，臉頰的肌肉卻在抽動。
「我、我也是男生，所以早就做好心理準備了。」
——東河……邦友……。
翔真紅著眼眶看著東河和邦友。
——明知道自己可能會死，可是東河和邦友還是把機會留給了若英和美佳。他們真的是患難之交。
邦友把食指放在嘴唇前面。
「記得，千萬不要把寫2次名字的名單洩漏給別人。」
「我知道，我也不想死。只要不讓別組的人知道，我們這組誰被寫了2次名字，應該就沒問題了。」
翔真低聲說。
「美佳醒來的時候，記得告訴美佳寫若英的名字。若英和我都寫美佳，邦友則寫若英的名字。這樣一來，美佳和若英就不會受罰了。」

「喂，那我要寫誰的名字？」

東河問翔真。

「要是我寫若英或美佳的話，她們之中就會有人被寫3次，這樣不是沒有意義嗎？」

「啊、說得也是。那麼……」

這時，走廊突然傳來腳步聲，翔真他們立刻停止討論。隨著腳步聲越來越近，突然間，志玲的身影出現在門口。

「啊、翔真！」

志玲一面叫翔真的名字，一面跑過來。

「總算找到你了。」

「找我？有什麼事嗎？」

「當然有囉。」

志玲舔了舔抹著口紅的雙唇。

「翔真，你們這組是不是5個人？翔真、邦友、東河、若英、還有美佳。」

「嗯，是啊。」

「那麼，你們決定要給誰寫2次名字了對吧？」

「很抱歉，這不能告訴妳。因為妳並不是完全沒有國王的嫌疑。」

「這我知道！我又沒有問是誰。」

志玲把臉靠近翔真。白色T恤下隆起的胸部直接碰到翔真的身體。

「翔真，要不要加入我這組？」
「嗄？要我加入妳那一組？」
「當然。只有這次的命令而已。你們這組不是5個人嗎？那就只能保護2個人，跟4人小組是一樣的。既然這樣，多出來的那個就加入我這一組，這樣才有效率啊！」
「妳的小組有誰？」
「龍義和竹諾。」
「龍義和竹諾……」
翔真咬著牙說。
——龍義雖然不像國王，但是竹諾一直是被我們鎖定的國王嫌疑人。擅長電腦、小時候曾經殺過小動物。照這樣看來，志玲那組還真是危險。
「好不好嘛？翔真？」
志玲嬌嗔地央求著。她用水汪汪的眼睛看著翔真，粉紅色的舌尖在微張的嘴唇上繞圈。
翔真紅了臉，把志玲推開。
「等一下，我有問題要問妳。」
「有問題問我？」
「嗯。為什麼妳要我加入妳的小組？妳不認為我是國王嗎？」
「當然不認為。」
志玲不假思索地回答。

「並不是說我有什麼推理能力，因為我根本不知道誰是國王，不過我看得出來誰不是國王。」

「妳是說我嗎？」

「嗯。翔真有強烈的正義感，而且熱心助人。我認為你這類型的人絕對不是國王。當然，也有可能是演出來的，可是我看你好像沒什麼演技。」

「那麼，龍義和竹諾呢？妳也不認為他們可能是國王嗎？」

「……呃，他們兩人的話……」

看到志玲欲言又止的樣子，翔真皺起了眉頭。

「怎麼了？」

「總之，這次的命令是我們殺死國王的機會。既然這樣，就應該多製造一些地雷不是嗎？」

「地雷？妳是指名字被寫2次以上的人？」

「是的。我的小組只有3個人，所以我們這組只能製造一個地雷。可是要是翔真加入我們，就可以製造2個地雷了。」

「我懂妳說的意思，可是……」

「如果你不是國王就應該幫我們。大家一起合力讓國王受到懲罰，終止遊戲。」

志玲的眼神透露著瘋狂的氣息。

翔真嚥了口水，沉默了好幾秒。

「的確，想要讓國王遊戲終止的話，最好的辦法是增加名字被寫兩次的人數。」

「所以，你應該加入我這一邊啊。」
「……不是還有別的小組嗎？」
「嗯，古漢好像和永明、理緒是同一組。」
「永明和理緒？」
「那兩個人在第2道命令中都沒有吞下膠囊。如果是國王的話，應該知道哪一種顏色有毒才對。不過也許這是國王的伎倆吧。」
「你的意思是，故意不吞膠囊，好讓自己被排除在國王的嫌疑人之外對吧？」
「是的。不過我想，永明應該不是國王。」
志玲雙臂交叉，眼睛看著天花板。
「別看永明好像很精明，其實他這個人有點粗心。如果他是國王，應該想不出不吞膠囊這種手段。理緒就難說了。」
「妳的意思是，如果理緒是國王，她會設想得比較周延嗎？」
「有可能。理緒的心機很重，差點被她殺掉的你，應該很了解她的為人啊。」
邦友打斷了翔真和志玲的對話。
「志玲，海峰和海音都各自組了一隊嗎？」
「好像是。海音和萌華一組，而且正在拉攏勤席和雪菜，海峰好像是和悠人一組。」
「海峰和悠人同組？」
「因為海峰不認為悠人是國王。」

志玲雙手的手心朝上，聳聳肩膀說。

「我倒是覺得，悠人的個性很像是會玩國王遊戲的那一型呢。」

「為什麼海峰會認為悠人不是國王？」

「這我就不知道了。你可以去問他本人啊。」

志玲握緊翔真的手說。

「總之，翔真，加入我這一組吧。」

「……不，我要加入海峰那一組。」

聽到翔真的決定，在場的人都睜大了眼睛。

「你是說真的嗎？」

東河用粗壯的手抓住翔真的雙肩說。

「悠人有可能國王，海峰也不能完全排除嫌疑。萬一他們兩人之中有人是國王的話，你會有生命危險的。」

「我知道。可是這樣下去，海峰和悠人那組極有可能成為國王的目標。因為規定不能寫自己的名字，所以只能寫彼此的名字。也就是說，他們的名字就不會被寫兩次。對國王而言，只要在這兩個人之中選一個，自己就不會受罰，這樣就能達成命令了。」

「既然這樣，那就把海峰組、古漢組和志玲組，結合起來不就得了？這樣加起來就有8個人，可以做成4個地雷不是嗎？」

「別開玩笑了！」

志玲冷冷地看著東河說。

「一個小組裡有那麼多人，說不定國王也在其中啊！」

「啊、也對。」

「而且，要是把小組整合起來，到時國王沒有上鉤，順利達成自己的命令，那就不妙了。」

「怎麼說？」

「打個比方吧，8人小組裡面，有人被國王指名而死，就表示剩下的7個人之中有一個是國王對吧。這樣人數太多了，很難猜出誰是國王。可是如果是3人小組的話，其中有人被國王指名而死，就表示剩下的2人有一個是國王。也就是說，國王嫌疑者可以減少到只剩下2個人。」

「啊……」

「如果是這樣的話，之後我們就輕鬆了。只要殺死那2個人，我們就可以從國王遊戲中解脫了。」

「只要殺死……」

聽到東河和志玲的對話，翔真用沙啞的聲音說。

「喂，志玲！就算只剩下2個，也沒必要殺人吧？只要關起來，不讓國王發出命令不就行了嗎？」

「……也對。反正我不是連續殺人魔，只要能讓遊戲結束就好，其他的我沒意見。」

志玲看著翔真說。

「的確，也許翔真加入海峰組比較合適。總之，我們的目標是讓國王死於自己發出的命令。這點，大家都沒有意見吧？」

翔真覺得心臟彷彿被掐住一樣難受，不由得皺起了眉頭。

【8月10日（星期日）凌晨4點22分】

打開房間的門，海峰和悠人就站在靠窗的位置。翔真大步走向海峰。

「海峰，讓我加入你們這組吧。」

「你要加入我們？」

海峰細長的眼睛瞇成了一條縫。

「嗯。你們這組只有2個人，要是國王指名你們其中一個，你們就會死不是嗎？」

「那可難說喔。」

「嗄？只有兩個人的話，總不能互相寫彼此的名字吧？」

「只要讓國王以為這是陷阱就好啦。」

海峰淡淡地說。

「等一下，我們會去找其他小組裡面認為我們不是國王的人打招呼。這只是假動作，故意做做樣子給國王看。這樣國王就不敢輕易指名我們了。因為他會認為，不可能只有兩個人組成一組。所以，我們決定反過來利用這點。」

「原來你們想得這麼周到……」

「我和悠人一組，這點更容易讓人起疑吧？」

「說得也是。可是，你為什麼會跟悠人聯手呢？」

翔真指著站在海峰身旁，一副嘻皮笑臉的悠人說。

「這傢伙就算國王遊戲沒有下令，還是會殺人啊！」

「所以說，悠人不是國王。」

「你肯定？」

「嗯。國王可以自由決定命令的內容，既然這樣，又何必在命令之外殺人？而且這麼做的話，只會妨礙自己的行動。」

「妨礙自己的行動？」

「如果國王是瘋狂殺人魔，那麼可以想見，他對殺人這件事非常執著，甚至不惜讓自己染上凱爾德病毒也要進行國王遊戲。也就是說，他會盡可能藉由命令的內容來殺人。」

海峰的眼神往旁邊一轉，映出了悠人的影子。

「悠人的確是有殺人魔的特質，但是他和進行國王遊戲的那種殺人魔類型不同。」

「類型？連續殺人魔還有分類型？」

「沒錯。悠人的個性比較開朗、簡單。但是國王的命令卻不是這樣，命令的內容既陰險又詭異。」

「詭異？」

「你還記得第4道命令的內容吧？」

「嗯，記得。就是找出國王的紙條，完成其中的六項命令對吧？」

「沒錯。紙條中列出來的命令都非常詭異。所以，國王應該是那種喜歡享受異常殺人方式的類型。悠人雖然也喜歡殺人，但是他對殺人方式沒有什麼堅持。」

「對殺人方式的堅持……」

「你們兩個在我面前還真是毫不掩飾呢。」

悠人翹起嘴尖說道。

「不過，我的確不是國王。如果我是國王的話，會讓命令的內容像遊戲一樣，這樣才有意思。」

「誰知道你這麼說，是不是想洗刷自己的嫌疑。」

翔真人瞪著悠人說：

「我可沒有打算排除你的嫌疑喔。」

「連聰明的海峰都認為我不是國王了，這樣還不能降低我的嫌疑嗎？」

「……好吧，海峰這麼保證，那麼我姑且相信他一次好了。」

「那麼，你要加入我們這一組？」

「我本來就是這麼打算的。」

「既然這樣，恐怕得改變原定計畫了。」

海峰低聲說。

「我們3個組成一組。不過，這件事不要洩漏給其他小組知道。」

「可是，我已經跟志玲說了。我說要加入你們這組。」

「沒關係，你說我懷疑你是國王，不讓你加入就行了。」

「你的意思是，讓國王認為你和悠人是雙人組，引誘他從你們之中選一個對吧？」

「順利的話，國王受自己罰的機率是50%。」

「按照這個計畫的話，你和悠人之中只有一個會被寫2次名字，只被寫一次的那個，要是不幸被國王指名，可是會死的喔！」

「那也只有認命了。」

海峰面不改色地回答。

「這個命令對國王以外的人，都一樣危險。我們能保護的人最多只有8個。換句話說，剩下的9個人之中，萬一有人被指名就會死。」

「即使是自己被指名，你也不後悔嗎？」

「除了認命之外，沒別的辦法了。」

海峰認真地看著翔真說道。

「我和悠人會互相寫彼此的名字。你就從我和他之間挑一個人寫。但是不要告訴任何人。」

「……我可以自由決定嗎？」

「嗯，這麼一來，國王很可能會上鉤。當然，如果你是國王的話，這個計畫就沒意義了。」

「我說過了，我不是國王！」

「我也認為你是國王的可能性很低，所以才會提出這樣的建議。你的個性和國王差太遠了。」

「誰知道他是不是演出來的。」

悠人吐了吐舌頭。

「搞不好是故意用這種方式，排除自己是國王的可能性。」

「你……」

「哈哈哈。所以除了自己之外，最好懷疑每個人。話說回來，這次是殺死國王的機會。所以我也只能在相信你不是國王的情況下，採取行動了。」

「採取行動？你打算做什麼？」

對於翔真的質問，悠人笑著回答：

「當然是去拜託其他小組，說『我和海峰是雙人組，請讓我們加入』，藉由這招讓國王卸下心防啊。否則憑海峰的演技，根本辦不到。」

「你也覺得，自己死了無所謂嗎？」

「我當然不想死。雖然我不是想自殺的人，可是如果要引誘國王掉進陷阱的話，不積極出擊是不行的。我的目標就是要殺死國王。」

悠人豎起大拇指說道。

【8月10日（星期日）清晨5點40分】

在四下無人的走廊角落，翔真從口袋裡掏出紙筆。

「海峰和悠人，該寫哪一個呢……」

翔真拿著原子筆，遲遲無法決定。

——雖然海峰認為悠人不是國王，不過機率並不是零。而且，我認為海峰也有嫌疑。如果他們其中一人是國王的話，很可能會指名我。

想到這裡，翔真感覺體內的血液好像瞬間凍結了。

——不行，現在一定要相信他們都不是國王。而且要假設，國王會在他們其中挑選一個。

額頭冒出的汗水滴在地板上。

儘管翔真對海峰或悠人並沒有好感，但總不能眼睜睜看著他們被國王指名。

「可惡！海峰居然把這麼困難的決定交給我！」

翔真咬著牙，看著眼前的白紙。

——萬一被國王指名的人，剛好不是我寫的那個人，那麼……。

原子筆的筆尖不停地抖動著。

「一定要考慮清楚。我的選擇，說不定可以讓國王遊戲結束。」

經過幾十分鐘的苦思之後，翔真終於在白紙上面寫下『王海峰』三個字。

【8月10日（星期日）上午8點40分】

朝海岸湧來的海浪，在陽光的照射下閃閃發亮，翔真不知不覺看得出神。此時，踏著沙子的腳步聲從背後傳來。

回過頭看，雪菜正上氣不接下氣地站在那裡。

「翔真，悠人說你沒有加入他們的小組，是真的嗎？」

「嗯，是啊，是真的。」

沉默幾秒後，翔真帶著失望的表情回答。

「我本來是想加入海峰他們，可是海峰那傢伙懷疑我是國王。」

「原來是這樣……。」

雪菜難掩失望地說。

「妳不要擔心。我還是可以回去邦友那一組，而且志玲也一直邀請我加入。」

「是嗎？那就好。我本來還很擔心你會落單，那就太危險了。」

「雪菜，妳是海音組的吧？」

「嗯。不過僅限於這次的命令而已，勤席也是海音組喔。」

雪菜嘆了一口氣。

「其實我根本不想和海音扯上關係，可是在這次的命令中，不加入小組的話很難活下去。」

「是啊，還是得加入小組才行。」

「可是照這樣下去，國王很可能會在海峰和悠人之間選一個。因為他們只有2個人，沒辦法用寫2次名的方法來保護自己。」

「……是啊。」

翔真在雪菜面前，偽裝出擔心的樣子。

——雖然我不認為雪菜是國王，不過海峰的計畫還是別告訴她比較好。就假裝什麼都不知道吧。

「不過，悠人好像有什麼動作。也許他會加入其他小組吧，這樣比較不會被國王點名。」

「……嗯。我也試著想說服海音，讓海峰他們加入，可是她說男生不能相信。」

雪菜滿臉憂心地往海平面看去。她的臉色蒼白，神情極為疲憊。

「翔真，你說……」

「嗯？什麼？」

「有沒有什麼方法，可以讓國王不指名任何人？」

「讓國王不指名任何人的方法……？」

「嗯。比方說，12點之後，大家全部到同一個地點集合什麼的。」

「這個辦法我也想過，可是從簡訊看來，國王似乎只要決定懲罰誰就行了。所以，可能只會在心裡默唸，或是用嘴巴小聲唸而已。」

翔真的表情變得嚴肅起來。

「國王一定事先料到自己可能受到監視，所以才會出那道命令吧。」

「有道理。因為國王很聰明。」

「不，國王是笨蛋。」

「笨蛋……？」

「是啊。腦筋聰明的人，才不會想玩什麼國王遊戲呢。」

「嗯……這麼說也有道理。」

雪菜神情凝重地點頭。海浪拍打著她腳上的拖鞋，把她的腳都濺濕了。

「……翔真，我有話要跟你說。」

「有話跟我說？」

「雖然我加入海音組，可是不會有人寫我的名字。」

「等等！妳怎麼可以把自己小組的情報告訴別人呢？」

「我相信翔真你並不是國王。而且，我只跟你說和我有關的部分而已。」

「可是，妳為什麼要告訴我這件事？」

「因為，我喜歡你。」

「咦……？」

翔真雙唇微張，驚訝地看著雪菜。

「……妳喜歡我？」

「是啊。不需要那麼大驚小怪吧，畢竟你救過我的命啊。」

大概是覺得翔真的反應很有趣吧？雪菜臉上總算露出了微笑。

「對了，你不需要回應我。」
「不需要回應妳？這樣好嗎？」
「嗯。在這種情況下突然被女生告白，一定無法冷靜思考。老實說，能夠向你告白，我就沒有遺憾了。」
「遺憾……？」
「嗯。因為沒有人寫我的名字，要是我被國王指名就會死，所以我決定趁現在向你告白。」
「雪菜……」
翔真緊閉嘴唇。此時此刻的他，也不知道該說些什麼才好。
——我不討厭雪菜。她的個性是有點倔強，但是直率開朗。在個別命令的時候也幫助過我，只是我……。
翔真的腦海裡回想起曾經向他告白的美麗。
——是我害死了向我告白的美麗。明知道她摸到燈塔的牆壁會死，我卻沒有警告她。像我這樣的人，沒有資格交女朋友。
一想到這裡，翔真握緊的雙拳不由得開始顫抖。雪菜伸手握住了他的手。
「翔真，你什麼都不用說。我猜得到你心裡在想什麼。」
「妳知道？」
「在想美麗對吧？」
「……妳怎麼知道？」

「你的表情看起來很痛苦。所以我猜，你可能是想起了跟我一樣都喜歡你的美麗。」

雪菜輕輕地敲著翔真的手臂說。

「雖然我向你告白，但是我不希望你因此感到困擾。」

「……妳說得對。現在最重要的，是如何結束國王遊戲。」

翔真加強語氣說道，彷彿是要提醒自己似的。

【8月10日（星期日）中午12點0分】

從手機螢幕上確認過時間後，翔真皺起眉頭。

「接下來，就等國王指名了。」

待在同房間裡的邦友和東河，表情也頓時凝重起來。

東河把吃完的零食袋子扔進垃圾桶，然後從椅子上站起來。

「希望這不是我的最後一餐……」

「東河，說話小心一點，萬一被國王聽見的話，說不定會指名你喔。」

「啊……」

東河趕緊用他的大手摀住嘴巴。

邦友朝緊閉的房門瞧了一眼。

「剛才的音量，應該還不至於傳到外面。不過就像翔真說的，還是要謹慎些。最好是假裝胸有成竹的樣子。」

「胸有成竹的樣子？」

「就是態度要大方，讓人家以為你的名字被寫了2次。這麼一來，國王也許會感到猶豫，是不是該指名你。」

「滿有道理的。憂心忡忡反而容易被懷疑。」

「聽說有些小組到最後一刻都還沒決定要寫誰的名字。所以，國王一定也在傷腦筋吧。」

邦友雙臂交叉地說。

「接下來該怎麼辦？把大家集中起來，的確可以限制國王的行動。問題是，這樣做的話國王反而更容易發現哪些人沒有被寫名字。尤其是演技差的人，一定會露出馬腳。」

「說不定國王只要在心裡想著給誰懲罰就行了。如果是這樣，那麼就算國王坐在身邊，我們也察覺不出來啊……。」

聽到翔真這麼說，邦友點頭表示認同。

「照這樣看來，還是小組分開行動比較好。這樣就不會讓國王知道太多情報了。」

「那我們是不是應該通知其他小組呢？」

「嗯，用簡訊通知吧。這樣，就算國王知道簡訊的內容，也沒什麼好怕的。」

邦友打開手機，開始操作簡訊。

就在這時候，突然有敲門聲傳來。

翔真正要回應的時候，若英已經拉著美佳的手走了進來。

「若英，怎麼了？」

若英皺著勻稱的雙眉說。

「美佳吵著要見秋雄。」

「見秋雄？可是秋雄不是已經……」

翔真看著站在若英身邊的美佳。

美佳的眼睛在房間裡來回搜尋，最後和翔真的視線重疊。

「翔真……秋雄在哪裡？」

「美佳……」

翔真的聲音顫抖著。

「秋雄……已經死了。」

「死了？」

「我告訴過妳，秋雄跳崖了。」

「為什麼他要跳崖？」

「為了救妳。秋雄為了讓妳活下去，決定犧牲自己的生命。」

「……是嗎？」

美佳的視線從翔真的身上移開，雙手無力地下垂，像尊銅像動也不動地站著。

過了幾十秒後，美佳緩緩地張開嘴。

「……我問你，翔真。」

「嗯？什麼事？」

「秋雄在哪裡？」

聽到美佳問起重複的問題，翔真楞住了。

若英輕輕地把手放在美佳的肩膀上。

「美佳，妳先待在這裡吧。」

「好，說不定秋雄會回來這裡。」

美佳說完後，在秋雄之前睡過的床上坐了下來，嘴裡喃喃唸著秋雄的名字。

若英在翔真的耳邊低聲說。

「我們一起留在這裡吧。有大家的陪伴，美佳的情緒會比較穩定。」

「好，就這麼辦，反正我們本來就是同一組。」

「國王一定會去找沒有被寫名字的人吧？」

「應該吧。不過只要像這樣小組分開來的話，國王是得不到什麼情報的。」

「……也對。比起大家集體行動，也許小組分開來反而安全。」

「現在邦友正在傳送簡訊，把這個訊息告訴大家。」

「已經傳出去了。」

邦友看著手機的畫面說道。

「要是這時候還有人在外面閒晃，恐怕就有嫌疑了。」

「喂，邦友。」

東河出聲叫喚邦友。

「要不要跟其他小組說一聲？不說的話，沒問題嗎？」

「嗯？你要去哪裡？」

「餐廳啊！誰知道國王何時會指名，搞不好國王會等到午夜12點才指名呢。如果是這樣，總得先弄點吃的東西填飽肚子吧。」

「我也一起去。」

翔真舉起右手說。

「只有東河一個人去我不放心。」

「放心，我會小心的，這可關係到我這條小命呢。」

「你怎麼又說這種會害死自己的話了。」

「啊，我只是在房間裡說，應該沒有關係吧。」

東河晃了晃胖嘟嘟的雙頰說道。

「不過，你願意一起來的話，倒是可以幫我不少忙。因為我想把大家要吃的食物和飲水一起帶回來。」

「那我也一起去好了。」

邦友舉手說。

「到時候要是路上遇到其他人，我還可以過濾一下他們說的話。」

「你想找出國王嗎？」

被翔真這麼一問，邦友點頭回應。

「雖然我也不願意這麼說，不過，國王還是有機會安全過關。多收集一些情報，以後在推理的時候，或許會有所幫助。」

「國王有可能安全過關嗎……」

翔真不由得吞了一口口水。

【8月10日（星期日）中午12點45分】

翔真等人在廚房的倉庫裡，忙著把食物和瓶裝水放進紙箱裡。

「喂，翔真，你要吃鳳梨口味的零食嗎？」

「不用了。給其他的伙伴們多準備一些吧。」

「放心。這裡的存糧，足夠吃到研習營最後一天都沒有問題。」

「那就好。」

「哎呀，是翔真？」

餐廳那頭突然傳來女生的聲音。回頭看去，原來是志玲、龍義、還有竹諾。

志玲看了一眼翔真手上拿的瓶裝水。

「翔真，原來你們也來拿吃的啊？」

「喂，志玲！」

「我知道。我不會再強迫你了。如此一來，我這組就沒有國王了，這樣比較安全。」

「我們這組也沒有國王。」

「翔真，連聰明絕頂的海峰都懷疑你，可見你真的有問題喔！」

「……那是海峰弄錯了！」

翔真嘖了一聲。

「虧我考慮那麼久，才決定要加入他們那一組。」

「早知道加入我這組不就得了。既然現在連海峰都不相信你，我也不可能讓你加入了。」

「沒錯。」

站在志玲背後的龍義說道。

「不知道國王會不會踩到地雷呢……？啊、現在先不說這些。」

「嗯。這樣才能避免讓國王知道太多情報。只是，這麼一來，能聊的話題就更少了。」

「那就不要勉強找話聊。反正，我們也只是來拿食物和飲水而已。」

龍義用銳利的眼神，瞪著翔真身旁的邦友。

「邦友……我懷疑你是國王。」

「我知道。」

邦友低聲說。

「可是很抱歉，我不是國王。」

「要是能證明就好了。如果最後確定你不是國王的話，我會向你道歉。」

「不需要道歉。因為我也一樣懷疑你。」

「你懷疑我？」

龍義楞了一下。

「我哪一點讓你懷疑了？」

「其實不只是你，除了我自己以外，每個人我都不相信。連志玲、竹諾，我也懷疑他們可能是國王。」

聽到邦友這麼說，竹諾嘆了口氣。

「我已經慢慢習慣別人懷疑的眼光了。話說回來，只因為我對電腦拿手，就受到這麼多人的懷疑，還真不是滋味啊。」

「不只是這個原因而已。」

翔真走到竹諾的面前說：

「我們聽美美老師說過，關於你以前的事。」

「我以前的事？這樣啊……原來美美老師告訴你們了……」

竹諾的聲音聽起來有些失望。

「真是失格的老師，居然把別人的隱私告訴不相關的人。」

「嗯？是什麼事？」

志玲那對細緻的雙眉動了一下。

「竹諾，你以前做過什麼？」

「他小學的時候，殺死了天竺鼠和小貓。」

「嗄？有這種事？我怎麼都不知道。」

「我先把話說在前頭，那些都是過去的事了，現在的我完全沒有那種念頭。」

竹諾直視著翔真說道。

「的確，我小時候是殺過小動物，但也還不到異常的地步，你們誰沒有殺死過昆蟲？像是跑進家裡的蟑螂或是蜈蚣。」

「昆蟲和動物又不一樣。」

「同樣都是有生命的生物不是嗎？或者你要說，殺幾千隻昆蟲不算異常？」

「以常識來說，殺死天竺鼠和小貓就是不正常啊！」

翔真加重語氣說道。

「普通人是不會去殺天竺鼠和小貓的。」

「這我知道。」

竹諾一臉悲哀地說。

「不過，當時我還只是個小學生，哪裡懂這些道理呢？我看到朋友殺死蟬和蚱蜢，所以才認為自己也可以殺死天竺鼠和小貓。當然，後來我還被父母打得很慘，警告我不可以再做出那種事來。」

竹諾苦笑著，大概是想起小時候的記憶吧。

「從那次之後我就不再殺死昆蟲，連吸血的蚊子，我也只是把牠們揮開而已。」

「你殺天竺鼠和小貓，不是為了享受快樂的感覺嗎？」

「當然不是，雖然我沒辦法證明。」

「嗯……」

志玲一面發出沉吟，一面看著竹諾。

「算了，現在懷疑竹諾對眼前的情況也沒什麼幫助。」

「我不是國王，這點你們大可以放心。我殺死小動物的事是過去式，現在的我已經不一樣了。」

「不管怎麼說，很快就可以知道國王是誰了。要是名字被寫了2次以上，結果還是死掉的人，就可以確定是國王了。除了這種況之外……總之，不是國王死，就是被國王指名的人死對吧？」

「是的。要是之後又有新的命令下來，就可以知道死的人不是國王。」

「新的命令……」

嘆了一口氣後，志玲拿出手機看了一下時間。

「現在剛好是1點。剩下的11個小時之內，國王應該會有所行動。在時間截止之前，大家要避免和其他小組接觸……」

「啊……」

突然間，龍義發出聲音，右手壓著喉嚨。

翔真等人的視線，瞬間移到龍義身上。

「你怎麼了？龍義。」

「沒、沒什麼……好像受傷了。」

「受傷？」

「嗯。脖子流血了。」

龍義一邊說，一邊抹了抹脖子的部位。

「大概是撞到什麼了吧。」

「我看看。」

「嗯……好。」

龍義拿開手，上面還有擦過血的痕跡。

「的確是在流血呢。」

「看得到是從哪裡流出來的嗎？」

「嗯……」

翔真把臉靠近仔細看，發現龍義的脖子好像被畫了一道橫線，血就是從那裡滲出來的。

「怎麼回事？好奇怪的傷口。」

「很深嗎？」

「不……看起來並不深……」

「傷腦筋。先用紗布包紮起來好了……」

「這樣比較保險，要記得先消毒……」

這時，龍義脖子上的那條細線變成了一條縫，而且流出更多血來。

「喂、喂！」

「怎麼了？翔真？」

看到翔真大驚失色的表情，龍義趕緊伸手摸了摸脖子。這次手心全是鮮血。

「怎麼會這樣……」

龍義緊緊摀住自己的脖子，但是鮮血還是不停地從指縫間流下。不知不覺中，身上穿的T

恤也被染成了紅色。

「啊……啊啊啊……」

龍義的眼睛看著天花板，雙手離開了脖子。傷口的裂縫比剛才更大了，看起來就像血盆大口一樣。

「不……不會吧？」

翔真愣愣地看著龍義，一旁的人也是滿臉驚恐。

「救我……」

龍義說到一半突然中斷，取而代之的是咕嚕咕嚕的怪聲音。

接著，龍義的頭從背後掉落到地上。

「啊……」

一具無頭的身體就站在翔真面前，脖子的斷面還在繼續出血。沒多久，身體的部分開始搖晃起來。

「啊、啊！」

志玲的尖叫聲在餐廳裡迴盪，龍義的身體砰的一聲趴倒在地上，鮮血四濺。

「可惡！這是國王遊戲的懲罰嗎……」

翔真強忍悲痛，咬著牙說道。

「為什麼國王會指名龍義呢？」

「不……龍義說不定是國王。」

臉色發白的邦友說。

「有可能。也許他指名了某個人，可是那個人的名字被寫了2次以上，所以龍義才會受罰而死。」

「……是嗎？龍義可能是國王嗎？」

「嗯。雖然龍義一直跟著我們，不過說不定他是在心中默唸受罰者的名字。如果是這樣，即使他的身邊有人，也不會被發現。」

邦友抓住志玲的手問：

「志玲，龍義的名字有被寫2次嗎？如果是這樣，而龍義又受到懲罰，就可以確定龍義是國王了。」

「……龍義的名字……沒有被寫在紙上。」

志玲喘著氣，回答邦友的問題。

「是嗎？如果是這樣，就只能看下一道命令會不會來，才能判斷了。」

「下一道命令？」

「如果龍義不是國王，那麼新的命令一定會再來。我不認為國王會就此罷手。」

「如果不是龍義，那會是誰呢？」

「目前嫌疑最大的，就是妳和竹諾。」

「我？我是國王？」

「龍義和你們同組，知道龍義的名字沒有被寫2次的人，就只有妳和竹諾。」

聽到邦友的分析，志玲和竹諾兩人神情緊繃地看著彼此。

【8月10日（星期日）下午2點30分】

一踏進第1會議室裡，就看到其他小組把志玲和竹諾團團圍住。

「等一下！」

竹諾連忙搖手，像是要甩開往自己身上集中的質疑目光。

「我對天發誓，自己絕對不是國王。」

「不管你說什麼，我們就是無法相信你。」

勤席以慣有的低沉嗓音說。

「你、志玲和龍義是同組。現在龍義死了，只有你和志玲知道龍義的名字沒有被寫2次以上，所以國王一定是你們其中之一。」

「說不定，龍義就是國王啊。」

「如果是這樣，你和志玲其中一個早就死了。因為你們同一組，他大可以指定沒有被寫2次名字的隊友。」

「這樣說的話，志玲才是國王吧！」

「我是國王？太離譜了吧！」

志玲朝桌面用力拍下。

「竹諾，你心裡有數。如果我是國王，根本就不可能做那種事。」

「那種事？什麼事？」

聽到勤席這麼問，志玲緊咬著塗了口紅的嘴唇。

「那件事跟妳無關。」

「不管什麼情報，我們都想知道。說不定有助於查出誰是國王。」

「我說了，那件事跟國王沒有關係。」

悠人打斷勤席和志玲的談話。

「哎呀，看漂亮的女生吵架真好玩。兩位生氣的樣子好可愛啊！」

「嗄？」

志玲勻稱的雙眉往上揚起，瞪著悠人說：

「在這種情況下被讚美，我可是一點都高興不起來喔。」

「那麼如果我說，龍義的名字沒有被寫2次以上的事，其他小組也可以猜到呢？」

「怎麼可能？這種事情外人很難猜到吧。」

「龍義和竹諾他們應該都是寫妳的名字對吧？」

「……你怎麼會這麼想？」

「從妳剛才說的那句『那種事』，很容易就猜到啦。」

悠人的眼睛一直盯著志玲隆起的胸部。

「在這次的命令中，最理想的結果就是國王踩到地雷自爆。問題是，大家都會把自己的性命擺在第一。只要名字被寫2次以上，自己就絕對不會死。所以妳拜託龍義和竹諾，央求他們寫妳的名字。條件是，要用妳曼妙的身體交換。」

「身、身體……？」

翔真的眼睛睜得又大又圓。

「你、你說的身體是……」

「翔真，你都高中生了，不用明說應該也知道吧。志玲用她性感的身體，確保自己的生命安全啊！」

「這種事情妳也做得出來……」

「為什麼做不出來。只要生命安全有保障，上床也沒什麼啊。」

志玲說完後嘖了一聲。

「悠人，你為什麼會知道？」

「我去過妳的房間，本來想拜託妳，讓我和海峰加入妳那一組。可是我還沒敲門，就聽到裡面傳出嬌喘聲。」

「光是這樣，也不能說這是利益交換吧！說不定我們是兩情相悅啊？」

「接到那樣的命令之後，工於心計的妳，怎麼可能平白無故做那種事？所以我猜，你們之間一定是有什麼交易。」

悠人搖搖頭，聳聳肩說：

「國王可能也聽到妳發出的喘息聲，所以猜到你們這組誰會被寫2次名字。照這樣推論的話，妳和竹諾可能就不是國王了。事實證明，我們之前想好的陷阱戰術完全白費了。」

「……陷阱戰術？什麼陷阱？」

「現在說這些也無濟於事。總之，龍義死了，倖存者下只剩下16個人。而且國王還潛伏在我們之中。」

聽到悠人這麼說，翔真感覺背上冒出的汗水越來越冰涼了。

命令9

【8月10日（星期日）晚間11點50分】

翔真、邦友、東河、若英、美佳聚集在離紅島館約500公尺的海岸。

坐在沙灘上的翔真，看著眼前燒得劈啪作響的橘紅色火焰。火光照亮了昏暗的四周。

「也許，下一道命令就快要來了。」

邦友看著智慧型手機的螢幕，口中唸唸有詞。

「東河，你要事先做好準備，這樣我們才能隨時展開行動。」

「知道了。」

東河拍拍擺在旁邊一個塞得鼓脹的背包說道。

「這裡面的食物和飲水足夠了。」

「不管接下來還有沒有新的命令，基本上都會在24個小時內結束才對。」

「我看，也許只有我們準備得這麼周到吧，因為又還不知道是什麼樣的命令。」

「搞不好是要我們這些研習生內鬥的命令，所以大家還是保持距離比較保險。接下來要更加小心提防才是。」

「更加小心？」

「是啊。現在只剩下16個人還活著，8男8女。在人數這麼少的情況下，除了國王之外，應該有人會想採取激烈的手段，例如把有嫌疑的人一律殺掉，永絕後患。」

「一律殺掉……？」

翔真凝視著橘紅色的火焰，陷入沉思。

——究竟誰是國王？雖然我認為竹諾、永明和悠人的可能性很高，但是除了他們，其他人也有嫌疑，實在很難鎖定目標。

「喂，翔真。」

東河叫住翔真。

「我覺得，最好不要排除國王可能是女生的可能性喔。」

「我也是這麼想。可是，在第4道命令時，永明不是用抽籤方式決定哪個女生要接受懲罰嗎？海音說過，如果國王是女生的話，那麼那道命令的風險未免太大了。」

「說得也是，要是國王被永明抽中的話，國王遊戲就玩完了。」

「是啊。可是如果國王是女的，而且早有一死的覺悟，那麼那樣的命令，未來還是有可能出現。」

翔真回想起當時的情況。

「那個時候每個女生都很害怕，不過這也難怪啦。」

「要大人殺死未成年人的那個命令也很可怕。我們很可能會被土水先生殺死呢。」

「的確是有這種可能……」

翔真發出沉吟，看著若英說：

「若英，妳有發現女生之中，誰的行為怪異嗎？」

「咦？你問我嗎？」

若英停下撫摸美佳頭髮的動作，想了一下。

「嗯。我想，也許女生比較容易看出哪個女生不尋常。」

「……以我的觀察，就是勤席和海音吧。」

「勤席和海音……？」

「嗯。勤席有點冷淡，但也許她是故意裝出來的。另外，海音討厭男生的這點，也很令人在意。」

「的確，海音是討厭男生。不過，如果她是國王的話，應該會出一些更折磨男生的命令才對。」

「說得也是……」

若英小聲說。

「我實在是猜不出誰可能是國王。雖然平常喜歡看推理小說，可是從來沒猜中過犯人。」

「咦？若英，妳喜歡看推理小說？」

「嗯，還有恐怖小說。只要不是真人真事改編的那種，其實都不會很可怕。」

聽到翔真和若英的對話，邦友忍不住嘆了一口氣。

「說到底，每個人都有可能是國王。因為只要透過藏起來的智慧型手機，就可以傳送命令。就算被監視，也有備用命令可以傳送。唉，實在是無計可施。」

「看來，必須先找出那支智慧型手機才行。」

「還有那台灌有奈米女王程式的筆電。我想一定就藏在島上的某個地方。」

「可是，筆電的電源怎麼解決？」

「筆電用電池就可以驅動。只要事前多準備幾顆電池就沒問題。最近的筆電性能提升了不少呢。」

邦友轉而看著島中央的小山說：

「如果是藏在山裡，想找到筆電簡直就像大海撈針。我想，也許是藏在廢棄民宅裡面吧。」

「可是就算找到那台筆電，在不知道國王的身分之前，有辦法終止國王遊戲嗎？」

「……或許可以吧，不過幾乎是不可能的任務。紅島雖然只是小島，但是可以藏筆電的地點卻很多。」

「也許應該去找找看，畢竟這是終止國王遊戲的機會……」

此時，翔真等人的智慧型手機同時傳出聲響。

「唔！果然還是來了。」

翔真從口袋裡拿出手機，察看螢幕顯示的訊息。

【8／11星期一00：00　寄件者：國王　主旨：國王遊戲　本文：這是紅島上所有人都必須參加的國王遊戲。國王的命令絕對要在時限內達成。※不允許中途棄權。※命令9：吉村悠人、金古漢、高橋理緒三人，合計要殺死不包括彼此在內的5個人。殺死第5人時命令就算達成。其他人員禁止殺人，而且有個別條件限制。※天海翔真的條件限制是：每小時必須移動1公里以上。無法達成命令者，必須接受懲罰。　END】

「每小時要移動1公里以上……。邦友、東河，你們的條件是什麼？」

「我是禁止進入建築物內。」
「我是禁止移動1萬步以上。」
邦友和東河幾乎同時回答。
「若英妳呢？」
「簡訊裡面寫著……要我去摸紅島館的牆壁。」
「紅島館的牆壁？那多危險！古漢他們說不定在屋裡啊！」
「嗯。可是，不去摸的話就會受罰吧。」
「應該是……不過什麼時候去摸都可以，不如晚點再回去紅島館。先幫美佳確認一下她的條件限制吧。」
聽到翔真這麼說，若英拿起美佳的智慧型手機，檢查來自國王的簡訊。
「呃……上面寫著『1小時以內要和林永明會合，之後必須兩人單獨一起行動』。」
「和永明單獨一起行動？」
「嗯，我懂日語，應該是不會錯。」
「1小時之內？糟了。我們根本不知道永明那傢伙現在人在哪裡啊。」
「我打手機給他。」
邦友開始操作手機。響了幾十秒後，手機的喇叭傳來永明急促的喘氣聲。
「這個時間打給我做什麼？」
「你現在人在哪裡？」

「在海邊附近的道路奔跑。我想離古漢他們遠一點。」
「海邊？是南側嗎？」
翔真把臉貼近手機，這樣問永明。
「……是啊。他們很可怕，好像一下子就把志玲殺死了。」
「志玲被殺死了嗎？」
「嗯。我擔心有新命令傳來，所以事先躲在紅島館後面的樹叢。結果我從走廊的窗戶，看到理緒拿刀刺死志玲。志玲應該是來不及逃走吧。」
「理緒……」
「你之前不是差點被理緒害死嗎？應該很了解她的個性才對。理緒為了活下去什麼事都做得出來。古漢和悠人也一樣。」
永明的說話聲夾雜著窸窸窣窣的聲音，好像是跑進樹叢裡去了。
「對了，找我有什麼事？我的條件限制是要在凌晨2點之前躲進山裡耶！」
「如果是這樣，時間還很充裕。我們這邊比你的緊急多了。」
翔真越說越大聲。
「美佳的條件限制是要在1小時之內和你會合。」
「……美佳要和我會合？」
「是的。我現在就帶美佳過去，快告訴我你的地點，我們馬上趕去。」
「你們現在在哪裡？」

「也在南側海邊。所以，你應該離我們不遠。」

「……好。你們沿著海岸道路繼續走，會看到一間藍色屋頂的民宅，我們在那裡會合。到時候我再把詳細情況告訴你們。」

「好！小心千萬別被古漢他們找到你。」

說完，翔真轉過頭說：

「我現在就帶美佳去和永明會合。邦友，你和若英一起行動可以嗎？」

「好。」

邦友一面點頭，一面警戒四周的動靜。

「我的限制是不能進屋子裡去。所以，我和若英一起行動是沒問題的。」

「你可要協助若英摸到紅島館的牆壁喔。」

「當然。等古漢他們離開紅島館，我就協助她溜進去。」

「我決定要單獨行動。」

聽到翔真和邦友對話的東河也開口說話了。

「我的條件是禁止移動1萬步以上。所以我得找個地方躲起來才行。」

「要躲好，不要被發現喔，東河。」

「嗯。悠人和理緒我還勉強可以應付，可是和古漢對決，我鐵定會輸。」

「好！大家要保重，絕對不能死，知道嗎？」

翔真緊握拳頭，認真地看著每個人說道。

【8月11日（星期一）午夜0點34分】

走進藍色屋瓦的民宅內，廊下的深處傳來永明的聲音。

「是翔真嗎？」

「是的，我帶美佳來了。」

翔真牽著美佳的手，往走廊的內部移動。永明拿著刀子站在那裡，眼神帶著敵意盯著美佳看。

「……美佳還是老樣子，精神狀況還沒有恢復嗎……」

「這也沒辦法，畢竟她的男朋友秋雄死了。」

翔真瞪著永明說。

「美佳先交給你了，你可要好好保護她。」

「保護……？為什麼我要保護她？」

「美佳不和你一起行動的話，就會受罰而死啊。」

「可是，受罰的人又不是我。」

永明歪著嘴笑了。

「老實說，我覺得很麻煩。現在是什麼情況，還要我照顧一個腦筋壞掉的女孩子。」

「你……」

「不要那麼凶嘛。我只是以自己的命為第一優先，這樣有錯嗎？難道你要我冒著生命危險，去保護別人的女朋友？」
「……我拜託你，永明。」
翔真低頭請求。
「我答應過秋雄要好好保護美佳。可是這個命令，我卻一點忙也幫不上。」
「你那麼想要保護朋友的女朋友？」
「是的！秋雄雖然死了，可是他依然是我的好朋友。」
「……好吧。既然你這麼說，我就保護她吧。」
「真的嗎？謝謝你，永明。」
「不過有個條件，你得答應我才行。」
「條件？」
「當然，這叫禮尚往來。」
永明這麼說，眼尾的皺紋揪了起來。
「我打算躲在西側山邊的隧道裡，所以你去當誘餌，把古漢他們引去其他地方。」
「要我當誘餌？」
「這點小忙，你應該沒問題吧。要是我被發現而被殺死的話，跟我在一起的美佳也活不了吧？因為美佳的條件限制是，必須和我兩人單獨一起行動才行。」
「這……」
「你就這麼想吧，當誘餌不是為了保護我，而是為了保護美佳。這樣就可以守住與秋雄的承諾啦！」

「……如果我當誘餌，你就願意保護美佳嗎？」

翔真聲音低沉地問。

「是啊，因為這樣我也有好處。」

「好！既然這樣，我來當誘餌。美佳就麻煩你了，永明。」

「知道啦。這一次的命令中，我們是被禁止殺人的，所以我非但不會加害美佳，還會好好保護她……」

永明伸出舌尖舔了舔單薄又無血色的嘴唇。

【8月11日（星期一）凌晨3點26分】

在廢棄醫院的後方，翔真呼吸急促地跑著。

「……好，這樣應該移動1公里以上了吧。」

抬起頭看著夜空，翔真這樣喃喃自語。高掛天空的明月，照出了醫院的輪廓。

「當誘餌嗎……」

翔真把手心滲出的汗，往T恤上面一抹。

——既然要當誘餌，就得出現在古漢他們的面前才行。理緒是女生、悠人的運動細胞也不好，所以只要全力衝刺，應該可以甩掉他們。古漢就棘手了，他和海峰都是體能超人，而且不利的是，我不能動手殺他們。

一想到古漢厚實的胸膛，翔真不禁嚥了一口口水。

——總之，要盡可能離古漢遠一點。

突然間，面前的草叢沙沙作響，2名少女從其中冒出來。

月光照出2個人的臉，翔真看清楚後鬆了一口氣。

「海音和萌華……」

「翔真？」

海音小心翼翼地察看四周後，走近翔真。

「為什麼你會單獨行動？邦友他們呢？」

「受到個別條件的限制，我們決定分頭行動。我的是每小時必須移動1公里以上。」

「原來他們沒有被殺死。」

「妳們不也平安無事嗎？」

「是啊，在這次的命令下來之前，我和萌華先從紅島館逃出來了。」

「妳們的決定是正確的，因為留下來的志玲好像被殺了。」

「志玲被殺了嗎？」

「……是啊，永明說的。」

翔真皺起眉頭，朝醫院的牆壁打了一拳。

「那幾個人下手凶狠，再這樣下去，會有更多人被他們殺死。」

「也許這就是國王指定他們殺人的原因吧。古漢、悠人和理緒一定會服從國王的命令。」

「我能了解他們立場，畢竟不殺人的話，他們自己就會死。」

「說得也是。所以，我們也要有所覺悟才行。」

「覺悟？」

「是啊。這次的命令一定會有人喪命。不是自己死，就是古漢他們死。從另一方面來看，我們也在殺古漢他們。」

外貌酷似美少年的海音，歪著頭說。

「為了活命，我們必須採取行動，大家要團結一心。」

「沒錯！對了，妳不是和雪菜一起行動嗎？」

「雪菜和勤席分頭逃命了。她們把我甩了。」

「妳被甩了……？」

「因為情況特殊，所以我很誠實地向她們表達內心的慾望。老實說，我可以同時愛好幾個女人。」

聽到海音這麼說，翔真不禁紅了臉。

「好、好了，現在先不管妳的感情觀。雪菜那邊，我會和她聯繫看看。」

看到翔真正要從口袋拿出手機，海音趕緊制止他。

「等一下，在此之前，有件事我想拜託你。」

「拜託我？」

「嗯。我和萌華需要你幫忙才能活下去。」

突然間，翔真感到腹部一陣痛楚，回過頭去看，萌華就站在背後，手裡握著一把刀。

「妳……妳在做什麼？為什麼對我……」

翔真張著嘴，話說得斷斷續續。一瞬間，他明白為什麼萌華會這麼做了。

看到翔真震驚的表情，萌華的櫻桃小嘴往一邊歪起。

「翔真，你是活祭品。」

「活……活祭品？」

「我們要把你留給古漢他們，讓他們殺了你。」

海音代替萌華回答。

「對不起，翔真，你必須死。」
「妳們要讓古漢他們殺死我？」
「是的。古漢他們只要殺死5個人，這次的命令就會結束。老實說，除了我們之外，他們想殺誰，我們都無所謂。」
「你們為了自己活命，居然不惜謀害我？」
「那是當然的。這個世界只要沒有男生就會變得和平了。」
海音笑著繼續說。
「總之，請你犧牲小我吧。我們會想辦法讓邦友、竹諾、永明也掉進我們的陷阱裡。既然志玲已經被殺死，那只要再殺4個人就夠了。」
「不要開玩笑了！」
翔真臉上帶著痛苦的表情，拉開和海音她們的距離。
「我才不會當什麼活祭品。」
「真是不死心。你只要犧牲自己，我們就可以獲救耶。」
海音抽出夾在腰帶上的冰鑽。
「你看起來還挺有活力的，看來得多補幾刀才行。」
「海音，刺他的腳踝。」
萌華一面說，一面堵住翔真的退路。
「腳踝那個部位，刺得再深也不會死。」

「沒錯，只要讓他失去行動能力就行了，然後我們再去通知古漢他們過來。」

「不要欺人太甚了！」

翔真憤怒地瞪著海音和萌華。

「如果單純只是比力氣，女生是贏不過男生的。」

「不過現在，我們手裡都有武器，而翔真你負傷在身，所以情況對我們有利。」

「這點小傷不會有影響的！」

說完，翔真伸出右拳往橫向一掃。海音趕緊往後退，翔真打算趁機從旁邊穿過去。

就在這一瞬間，海音趕緊伸出長腿，絆倒翔真。

翔真失去平衡倒在地上，還來不及爬起來，頭部側邊就被海音踢了一腳。

「哇啊！」

翔真痛得在地上打滾。

「可……可惡！」

「真是可惜啊，翔真。」

海音用運動鞋鞋尖在地上蹬了兩下，笑著說。

「別以為我是女孩子就小看我。我可是去過綜合格鬥技的道館喔。」

「綜合格鬥技？」

「就在我家附近，我在那邊學過自由搏擊和泰拳，那裡的教練對我的格鬥天分讚賞不已，還說想訓練我當女格鬥士呢。」

「唔……」

翔真想用右手把身體撐起來，卻發現雙腳不聽使喚。

「啊、我的腳……」

「哎呀，你的大腦好像受到損傷了。通常不到1分鐘之內就會恢復，不過就怕你沒那個時間了。萌華！」

「我知道！」

萌華跨坐在翔真身上，用刀尖頂住翔真的咽喉，嘴裡還發出可愛的笑聲。

「不可以亂動喔，翔真。要是被我殺死的話，我們就白忙一場了。」

「別……別開玩笑了。」

「我們不是在開玩笑。乖乖讓海音刺你的腳踝吧，這樣你還可以多活1個小時。」

「萌華說得沒錯。」

萌華背後的海音，伸手去觸摸翔真的腳。

「放心吧。你的腦袋受到撞擊，應該不會覺得很痛才對。」

「別、別亂來！住、住手！」

「都到了這個地步，怎麼可能住手。男生就是這麼笨。」

「唔……」

翔真的額頭不停地冒出冷汗。

——這兩個人真的打算把我當成活祭品。要是被她們刺傷腳踝的話，就逃不出古漢他們的毒手了。而且，我也沒有辦法在1小時內移動1公里了。

「住手！快住手！」

「對不起喔，翔真。」

坐在翔真身上的萌華悲傷地說。

「我也不想這麼做，可是我和海音為了活下去，只好出此下策了。」

「為什麼不跟大家合作，說不定有機會逃過古漢他們的追殺啊！」

「那樣我們還是有可能會死。而且，我們本來就想藉古漢他們的手，把國王的嫌疑者通通殺掉。這麼一來，說不定國王遊戲就會結束了。」

「我不是國王！」

「的確，翔真是不像國王，可是也不能保證不是啊！就像海音說的，我覺得國王是男生。」

萌華的眼睛發出像是野獸鎖定獵物的光芒。單薄小巧的嘴唇露出雪白的牙齒，在翔真看來就像獠牙般可怕。

「海音，快把翔真的腳……」

突然間，一陣風聲劃破空氣，萌華的頭部側邊被箭刺中。

「啊……啊……」

從萌華額頭流出的紅黑色血液，滴落在翔真的臉上。

「萌……萌華……」

「唔……」

萌華的身體往翔真身旁倒下。翔真朝箭射出的方向看去，悠人正拿著十字弓站在那裡。

「這是第2個了……」

悠人把架在十字弓的箭頭對準翔真。

「悠人……」

「翔真，不用謝我，因為下一個就輪到你了。」

「那把十字弓，是在哪裡撿到的？」

「才不是撿的，是我自己做的。」

「你做的？」

「嗯。之前我曾經利用從網路上查到的資料做過一次。至於材料是我從醫院和民宅裡面找來的。怎麼樣，我製作的武器很不賴吧？」

「這種事有什麼好炫耀的。」

翔真搖搖頭站了起來，雙腳還在微微地顫抖。

「你也想殺我嗎？」

「那是當然的囉。不殺你的話，我們就會死耶。」

悠人毫不遲疑地回答。

「只要你乖乖站著不動，我保證給你一個痛快。」

「嗄？我才不要被你殺死呢。我……」

「閃開，翔真。」

海音把翔真推開，站到悠人面前。她的臉像戴著能劇面具一樣，沒有任何表情。接著，她張開被月光照成淡藍色的嘴唇說：

「悠人……你這個笨蛋。」

「笨蛋？我不懂妳的意思。」

「要是你不殺萌華的話，原本我們還打算幫你們達成命令的！」

「喔，是這個意思啊？」

悠人看了一眼倒在地上的萌華。

「原來你們在吵架，我還以為發生什麼事了呢。」

「要是你在殺萌華之前能先搞清楚狀況，就不會變成這樣了……」

「這也沒什麼大不了的，反正妳可以繼續啊。只要妳願意幫我們，我就放妳一馬。」

「……抱歉，太晚了。」

海音的口中發出一陣低沉的聲音。

「你殺死了我的萌華，所以必須接受懲罰。」

「懲罰？妳知道這次命令的內容吧？妳可不能殺我喔！」

「即使如此，我還是可以把你的手腳折斷。這樣一來，你誰也殺不了。」

「原來妳那麼喜歡萌華？可是，妳不也對其他女孩子頻頻放電嗎？」

「我有責任要保護那些願意接納我的女孩，這和人數沒有關係。而且，我和萌華的身體也很合得來。」

「是嗎？看來，妳是不會幫我們了。」

悠人把十字弓對準海音。

「不過那也無所謂，我先把妳和翔真殺了，這樣只要再殺一個，命令就可以達成了。反正時間還很充裕，殺一個人絕對綽綽有餘。」

「想殺我？你有這個本事嗎？」

「嗯？妳沒看到我手上的十字弓嗎？」

「十字弓是很有威力，可是無法在短時間之內連續發射。」

海音緊盯著架在十字弓上面那支箭的前端，同時舉起手裡的冰鑽。

「我會避開第一支箭，趁你裝填下一發之前破壞那把十字弓。之後，用我手上的這把冰鑽把你刺成重傷，但不會致命。」

「嚇死我了，那妳可要瞄準，不要失手喔。」

悠人和海音互相瞪著彼此。

深夜的涼風吹來，四周的樹木隨著左右搖擺。

海音緊閉雙唇，往右側移動幾公分。悠人的箭頭也隨著往左邊移動。

對峙幾十秒過去，海音終於再度開口。

「我說，悠人。」

「怎麼？改變心意了？想投靠到我們這邊嗎？」

「不。而是你只鎖定我一個人沒問題嗎？你不怕翔真的刀子飛向你？」

聽到她這麼說，悠人朝翔真看了一眼。而就在同一時間，海音的右腳往地面用力一蹬，弓起身體朝悠人衝過去。

悠人嘖一聲，同時扣下十字弓扳機。就在箭頭快要刺入海音左胸的瞬間，海音往側面一閃，黑色T恤被劃破了一道開口。海音的速度並沒有因此放慢，右手高舉冰鑽向悠人直撲而去。

悠人扔下十字弓，想要抓住海音的手，可是海音的膝蓋已經先一步擊中悠人的腹部。

「唔……」

悠人痛苦地彎起身體。海音不罷手，又朝他的頭踢去。

砰的一聲巨響，悠人倒在地上。

海音吐了一口氣後，笑著說：

「手上有發射武器還打輸，男生真是沒用。」

「怎……怎麼回事？我居然不知道……海音這麼厲害。」

悠人張開沾了沙子的嘴唇說道。

「妳真的是……女生嗎？」

「如假包換。沒禮貌的傢伙。」

「真不敢相信。」

「喂，不准站起來。」

海音的腳踩住打算站起來的悠人左手。

「對不起，我還沒弄斷你的手腳。等命令結束之後我再來殺你。到了天堂，記得向萌華賠罪啊。」

「我才不信有什麼天堂呢。」

悠人笑著抬起頭看著海音說。

「不如妳先去看看，是不是有天堂吧。」

「我又不會死。難道你以為你可以反敗為勝嗎？」

「也不是不可能喔。」

悠人伸出右手指著海音的背後。海音順著他指的方向看去，古漢不知何時出現在那裡，背靠著牆壁站著。

古漢歪起右臉頰的傷痕，笑笑地走向海音。

「嗨，海音，剛才膝蓋頂人那一招真是漂亮啊。妳學過泰拳嗎？」

「什麼！原來你早看到了，怎麼不來救我？」

悠人翹起嘴尖，對古漢發牢騷。

「這樣我也不用白白挨踢了。」

「被踢幾下又不會死。反正，他們又不能殺我們。」

古漢一面說，眼睛一面盯著海音。

「海音，跟我過幾招吧？用冰鑽、腳踢、拳頭都可以，儘管放馬過來。」

「……大魔王要上場了嗎？」

海音手裡拿著冰鑽，往後退了幾步。在月光照射下，可以發現她的額頭正冒著汗水。

「古漢，你不使用武器嗎？我記得你有一把刀對吧？」
「是啊，不過拿來對付女人，似乎不夠光彩。」
「喔，口氣不小。這麼說，我是佔到便宜囉？」
「佔便宜？我看妳今天是必死無疑喔。」
「這可難說。翔真和悠人都被我打倒了呢。」
「翔真也輸給妳……？」
古漢轉頭看著十幾尺外的翔真。
瞬間，海音展開行動。一記空中飛踢讓古漢的身體往後傾倒。轉了一圈後，緊接著用另外一隻腳踢向古漢的肚子，不過被古漢的右手背擋開。
「嘖！」
海音拉開和古漢之間的距離，手裡還拿著冰鑽。
「果然比悠人他們難纏多了。我本來以為，男生都是沒用的飯桶呢。」
「真沒想到，討厭男人的海音小姐，居然會稱讚我。」
「我是欣賞你的戰鬥能力，但你終究是男人。過度相信自己的能力、總是想追求過剩的權力。世界就是被這樣的男人統治，所以戰爭才會沒完沒了。」
「就算世界由女人來統治，我想，戰爭也不會消失的。」
「如果我有機會當世界領袖，一定會創造一個真正和平的世界。」
「很可惜，妳等不到那個時候了。」

古漢話一說完，立刻往前衝出去。海音也迅速舉起手上的冰鑽。當冰鑽的錐尖快要刺中古漢左肩的瞬間，古漢的左手先一步擒住海音的手腕。

海音想用膝蓋頂撞古漢的肚子，也被古漢用右手擋下。

突然間，海音的手腕發出骨折的聲音，臉上露出極度痛苦的表情。冰鑽從她顫抖的手中脫落，在觸地前被古漢接住。接著，古漢一個反手，拿起冰鑽刺入海音的左胸。

「唔……」

海音張開的雙唇不停地抽動，雙膝跪在地上。

「為……為什麼我會……輸給男人……」

「放心。這不表示男人比女人強，只能證明我比妳技高一籌而已。」

「……××××。」

海音口中罵了幾句沒人聽得懂的中文，然後就倒臥在地了。

看到這一幕，翔真趕緊轉身，背著古漢往樹叢跑去。此時，背後傳來咻的一聲，十字弓的箭從翔真的臉頰旁劃過。

「哎呀，真可惜。」

聽到悠人懊惱的吶喊，翔真更不敢停下來。跑進樹叢之後，繼續往斜坡上面跑去。

「別逃啊，翔真，光明正大比個高下吧。」

「我怎麼可能跟你打！」

翔真一面大喊，一面往山裡跑去。突然間，他停了下來。

——不能逃進山的西邊，永明和美佳就躲在那附近。得把古漢引到另外一邊才行。

翔真趕緊轉向北方，在茂密的樹叢裡繼續往上爬。

【8月11日（星期一）凌晨4點36分】

「那麼，古漢和悠人在那邊嗎？」

智慧型手機的喇叭傳來邦友的聲音。

「嗯。現在是回去紅島館的好機會。還留在那邊的，應該只有理緒。」

翔真一面機警地察看四周，一面對著手機說話。

「有你跟著若英，就算被理緒撞個正著，應該也可以應付過去。」

「好，我帶若英去摸紅島館的牆壁。」

「拜託你了。我會盡量把古漢他們引開。記住，千萬不要靠近東北方的民宅。」

「……你要逃去那邊嗎？」

「我是有這個打算。那邊有幾間廢棄的空屋。」

「好，翔真，你千萬不能死喔。」

「你們也是，我們都要活下去。」

結束通話後，翔真把背靠在長滿青苔的樹幹上。

「志玲、海音和萌華都死了……」

——古漢他們為了達成命令，必須再殺2個人才行。若是沒有達成命令，他們就會死。

「照目前的情況看來，至少還會死2兩個人。」

翔真皺起了眉頭。

——解救大家的辦法，就是盡快找到傳送國王簡訊的那台筆電，解除命令。可是，打從遊戲開始至今一直都沒有找到，現在大家忙著躲避古漢他們的追殺，更不可能去找了。

「只能救自己想要救的人了……」

翔真試著打手機聯絡雪菜，可是雪菜一直沒有接電話。

「那傢伙……為什麼不接手機呢？」

不祥的預感讓翔真覺得口中異常乾渴。

——難道，她被理緒殺死了嗎？不、雪菜向來行事謹慎，一定可以躲開的。

「現在只能祈禱老天保佑了……」

翔真的腳用力踩踏地上堆積的落葉，讓鞋印清楚地留在上面。

「好！快點過來追我吧。」

翔真一面說，一面往東北方跑去。

【8月11日（星期一）清晨5點51分】

撥開與人幾乎等高的野草叢後，映入眼簾的是前方數間廢棄的空屋。原本停在屋頂上休息的幾隻野鳥大概察覺到有人靠近，嚇得飛走了。

翔真壓低身子，朝空屋的玄關走去。木製大門的門板已經脫落，從外面可以直接看到裡面斑駁不堪的走廊。

一走進入屋內，首先看到的是停在牆上的大蚰蜒。發現有人靠近的蚰蜒，無數隻腳同時快速移動，往更高的地方爬去。看到這令人頭皮發麻的一幕，翔真不禁皺起了眉頭。

「雖然我很怕蚰蜒，不過現在顧不得這些了。」

翔真一面察看四周，一面在走廊前進。

他往右側的房間裡面看去，發現地上放著一個卡其色背包。

「背包？看起來還很新呢。」

翔真走進房間，打開背包檢查。裡面塞了幾瓶飲水和食物調理包。

「有人在嗎？」

翔真的聲音在房間裡迴盪，可是沒有人回答。

接著，又往隔壁的房間移動。那裡面擺著一個破舊的衣櫥，可是把手的部分沾有紅色的血跡，翔真頓時臉色發青。

「喂！誰在裡面？」

雖然對著衣櫥大聲問，得到的依然是一陣沉默。

翔真走過去打開衣櫥的門。瞬間，翔真的眼睛睜到最大，心臟也幾乎停止。衣櫥裡面塞著渾身是血的勤席，而且她的身上爬滿了數百隻蚰蜒。

「哇啊啊啊啊啊！」

翔忍不住尖叫，連忙往後退了好幾步。

「勤……勤席……」

勤席的眼睛和嘴巴都是張開的狀態，頭垂向右邊。眼神失去了光彩，幾隻蚰蜒爬過她的眼睛，眼皮卻動也不動。很明顯的，勤席已經死了。

「唔！」

翔真咬著嘴唇，從房間衝了出來。

──一定是古漢他們殺了勤席，錯不了，因為其他人禁止殺人。可能是古漢、悠人或理緒來過這裡，發現躲起來的勤席後，動手把她殺死了。

翔真跑到屋外，小心翼翼地觀察四周的動靜。附近似乎沒有人，只有此起彼落的鳥叫聲。

──本來想把古漢他們引到這裡來的，既然他們已經來過了，繼續留在這裡的話會很危險，還是先躲到其他安全的地方吧。

「對了，得通知邦友他們……」

此時，背後傳來腳步聲。翔真正要回頭，突然感到頭部受到一陣重擊，眼前的畫面開始旋轉，然後人就倒了下去。

「唔……」

翔真痛苦地皺著臉，好不容易把自己撐起來，看到的卻是手裡拿著榔頭的理緒站在面前。

理緒微笑地低下頭，看著翔真說：

「沒想到會在這個地方遇到翔真呢，真是太幸運啦。」

「幸……幸運？」

翔真發覺自己說話出現障礙，伸手去摸頭，發現手心沾滿了紅色的鮮血。

——難道，我的頭被榔頭打中了？

「哎呀，瞧你，連話都沒辦法好好說呢。大概是我敲得太用力了。」

理緒看著自己手上的榔頭說道。

「榔頭這個武器還真是好用。」

「是……是妳把勤席……」

「是的，殺死勤席的人就是我。先用榔頭把她打昏，再用刀子刺死。因為我的刀子太小，用這種方法殺人比較保險。」

「妳……妳現在也要……殺我嗎……」

「那是當然的囉。我們還得再殺1個人才行，不然就要受罰了。」

理緒丟下榔頭，從短褲口袋裡掏出一把折疊刀。

「乖乖的不要亂動，讓我用這把刀刺穿你的脖子，這樣你應該會死得痛快一些吧。」

「住……住手……」

「說什麼傻話。」
理緒神情哀傷地說。
「老實說，在沒有發生國王遊戲之前，我還想著要跟翔真你交往呢。因為我知道你是善良的人。」
「……理、理緒。」
「我知道你並不喜歡我。但是我確定，我會成為你生命中很特別的人。」
「特……特別的人？」
「是的，就是殺死你的女人。」
理緒的嘴角歪向一邊。
「翔真，我這一輩子永遠不會忘記你的，再見。」
看到高舉的刀刃，翔真以為這回自己真的死定了。
眼前的一切就像慢動作一樣，小刀緩緩地朝他的脖子落下。
就在此時，有人撞開了理緒的身體。翔真睜開眼睛仔細看。
「……雪、雪菜。」
口中忍不住喊出衝撞理緒之人的名字。
臉色蒼白的雪菜，眼睛一直看著理緒的側腹。那個部位上面插著一把刀子。
「……看妳做了什麼好事……」
理緒用顫抖的手，指著插在自己身上的刀子說。

「殺了我，妳也活不了。難道……妳沒有看過命令嗎？」
「……我很清楚命令寫了什麼。」
雪菜冷靜地說。
「可是我不殺妳的話，翔真就會死在妳手上。」
「嗄？即使如此，妳也沒必要這麼做啊……」
理緒的身體倒向一邊，膝蓋跪在地上。身上穿的T恤染上了大片血跡，流出的鮮血不停地滴在地上。
「妳……妳這個笨蛋，怎麼會……殺我呢？這樣，妳也活不了啊！」
「殺不殺妳都沒差。因為……在妳死前，我就會先受罰而死了。」
雪菜的話才說完，人就倒臥在地上。
「雪……雪菜……」
翔真使盡力氣，拼命動著不聽使喚的手腳靠近雪菜。雪菜閉著眼睛，鮮血從她口中流出。
「為、為什麼妳會受傷……」
大概是聽到翔真的聲音，雪菜微微張開了眼睛。
「翔、翔真，你沒事，真是太好了……」
「雪菜！妳為什麼會……」
「因為個別條件的限制……」
雪菜一面說，嘴裡一面不停地流著血。

「我的條件是……在這次命令結束前……必須單獨行動，禁止幫助任何人。」

「禁止幫助……任何人？」

「是的……所以，當我衝出去救你的那一刻，就知道自己必死無疑了。」

「怎、怎麼會這樣……」

翔真的心臟彷彿快要迸出來般劇烈地跳動。

「妳為了救我，居然……」

「這是當然的。因為翔真……是我喜歡的人……」

雪菜虛弱地微笑，臉色像白蠟燭般沒有血色。

「雖然……我對不起理緒，可是……」

「雪菜……連妳也要死了嗎？」

淚水從翔真的眼睛奪眶而出。

「為……為什麼會這樣……」

「呵、呵……」

「雪……雪菜……妳怎麼還笑得出來……」

「……我喜歡的男孩……為我哭了……我當然高興。」

「……不要說傻話了……」

「呵……呵呵……」

雪菜閉上眼睛後，呼吸也跟著停止了。

「雪……雪菜？」

「……」

「雪菜、雪菜！」

四周的地面早已經被雪菜的鮮血染成一片紅色。

「雪菜……」

看到雪菜微笑的嘴形，翔真的雙肩微微地顫抖著。

「難道……妳不會痛嗎？流了這麼多血……」

涙水模糊了翔真的視線，讓他無法看清楚雪菜的臉。

——雪菜不惜犧牲自己的生命，只為了救我這個保護不了伙伴的人……。

「翔……翔真。」

聽到有女生呼喚他的名字，翔真往聲音的方向看去。

倒在幾公尺之外的理緒，像魚一樣張著嘴抽搐著。插著刀子的側腹部不停地流出紅黑色的血液，染紅了地面。

「救我……」

理緒眼裡泛著涙水，向翔真伸出了手。

「對不起……翔真……我不想死……求你……」

「理緒……」

翔真用顫抖的雙腳站起來，慢慢走向理緒。從頭部流出的血，不停地滴在地上。

「……我救不了妳。」
「因為……我要殺你嗎？」
「不。要是我救了妳，就有另一個人會死。」
「我……我不會再那麼做了……」
淚水沿著理緒蒼白的雙頰滑落下來。
「當然……我也不會殺你。還有邦友……東河……」
「……一切都太遲了……妳的傷治不好的。因為島上沒有醫生。」
翔真看著從理緒身上流出的鮮血在地上快速擴散開來，搖搖頭說道。
「啊……」
理緒不甘心地說。
「……為什麼？為什麼我會死……」
「我也不知道。」
「……莫名其妙……我又沒有錯。」
理緒的音量越來越大。
「沒錯，我是殺了克也、志玲、勤席。可是我也是不得已的，不這麼做的話，我就會死啊。」
「理……理緒？」
「我沒有錯……我沒有……錯……」
理緒半開的嘴停止了動作。眼睛睜得大大的，瞳孔倒映出藍天和雲朵。

看到理緒斷了氣，翔真緊閉著嘴唇。

——雖然理緒好幾次都想殺我，可是，若不是國王遊戲，她也不會想殺人吧。

翔真的腦海中浮現國王遊戲開始之前的理緒。當時的她，還笑嘻嘻地跟自己打招呼呢。

「理緒……妳沒有錯。」

翔真輕聲地對理緒的屍體這麼說。

【8月11日（星期一）下午2點32分】

爬到南側的山腰時，翔真已經精疲力盡，一隻腳跪在地上。

「這……這樣應該有移動1公里以上了吧。」

氣喘吁吁地脫下背上的卡其色背包後，翔真從裡面拿出瓶裝水喝了起來，眼睛不忘觀察四周的情況。

——為了再殺1個人，古漢和悠人應該還在島上四處尋找目標才對。得想辦法甩掉他們才行。

翔真拿起保特瓶，將剩下的水從頭淋下。突然，他感覺到頭部一陣劇痛。

——手還是感覺麻麻的，也許頭上的傷勢惡化了。不過側腹的傷口已經止血，應該沒什麼大礙。

看到被鮮血染紅的T恤，翔真不禁咬緊牙。

——渾身都傷痕累累了。多虧美麗、雪菜，還有邦友的協助，我才能活到現在，所以我絕不能輕易放棄自己！

翔真把空的保特瓶放在明顯的地方，吃力地踩著腳步前進。

「來追我吧。我一定會撐到凌晨12點過後！」

說完，翔真朝南方走去。

數十分鐘過後，翔真發現樹林裡似乎有動靜，趕緊停下腳步。

壓低身子，從樹木間的縫隙往前看去，悠人和海峰就站在不遠處。悠人把十字弓的箭頭對準海峰。

「哎呀，真沒想到我居然有這個榮幸，可以殺死台灣的國寶。」

「……你想得美。」

海峰冷靜地說。

「你殺不了我的。」

「殺不了你？都死到臨頭了，還這麼嘴硬啊。」

「我說的是事實。」

「事實……？」

悠人的眼睛瞇成了弦月狀。

「海峰，老實說，我已經監視你一個多小時了。本來我也以為你很難殺死，古漢也說過，盡量不要招惹你。」

「既然這樣，為什麼還來找我？」

「因為我現在有把握殺死你。」

悠人說完後，還故意吐了吐舌頭。

「海峰，你為什麼會來這種地方？而且一站就是1個多小時。沒有道理啊。」

「……不關你的事。」

「不肯說是嗎？……不過，我知道原因。」
「你知道原因？」
「是因為個別條件限制對吧？」
悠人的嘴角歪向一邊。
「我看過被理緒殺死的志玲手機的簡訊內容了。她的個別限制是『禁止移動1萬步以上』。之後，我又看了海音和萌華的手機，她們都是『禁止進入建築物內』，換句話說，雖然是個別限制，但有些可能內容重複。於是，我開始推測你的限制可能是什麼。」
「那麼，你推測出什麼結果了嗎？」
「不准離開那個地方，或是禁止移動1萬步以上。兩者其中之一。」
「……猜對了。」
海峰的眼睛盯著十字弓的箭頭說。
「我的限制是『禁止移動1萬步以上』。」
「咦？你怎麼告訴我答案啦？」
「既然你都推理到這個程度了，說不說都沒什麼差別。現在我只剩下50步可以移動，本來是想找個地方躲起來，節省步數，沒想到中途遭到古漢埋伏，把我的計畫打亂了。」
「原來如此。以你的限制，和古漢交手的話的確很危險。」
悠人頻頻點頭，表示認同。
「不管怎麼說，幸虧你不能殺人，我才敢像這樣站在你面前。」

「因為我不能殺人，所以你膽子就變大了？」

「嗯。而且我手上有發射武器，所以我想，趁這個機會向你挑戰也不錯。只要能殺了你，我們就達成命令了。」

悠人手拿十字弓，慢慢往右移動。海峰也隨著他的動作，往後退了幾步。

「喔，只剩下47步囉。」

「應該說，還有47步。」

「好有自信。啊……又移動了。45……42……剩40步了。」

悠人的嘴唇像裂開般往兩邊擴展。

「37……33……啊、你還是別再走比較好喔。懸崖就在你背後不遠處呢。」

聽到悠人這麼說，海峰停止了移動，轉頭往後面看去。

「你還真好騙啊，海峰！」

悠人按下十字弓的扳機。咻的一聲，隨著劃破空氣的聲音響起，海峰的右手也動了。他精準地抓住朝他心臟飛來的箭。

「嗄……？」

悠人張大嘴巴，不敢置信地看著海峰手裡的箭。

「不可能！怎麼會有人能抓住射出去的箭。」

「你誤會了。如果是真正的十字弓應該抓不到，不過你那把自製的十字弓速度不夠快，我用肉眼就可以判斷箭是朝我的心臟飛過來。」

「……你果然不是普通人，不過……」

悠人又從背後的自製箭筒抽出一支箭，架在十字弓上。

「我還有2支箭。你以為你還能抓得住嗎？這次我一定會殺了你。」

就在悠人把十字弓重新對準海峰的同時，海峰也轉身沿著懸崖邊跑走，然後跳進1公尺高的草叢後就消失了蹤影。

「啊哈哈哈！你只剩下30步可以移動，還能逃去哪裡呢。」

悠人拿著十字弓從後面追了過去。

「死心吧，海峰。你是死路一條了……哇啊！」

悠人突然發出淒厲的慘叫聲後，人影就消失了。接著是一陣岩石崩落的巨響。

——怎麼搞的？發生什麼事了？

一直躲在樹林裡觀察2人爭執的翔真跳了出來，往懸崖的方向跑去。

撥開草叢，看到海峰就在站在數公尺的前方。

「海峰，你沒事嗎？」

「……是你？」

海峰像平常一樣冷靜地說。

「你不是看到了？我好得很，不過悠人好像死了。」

「悠人死了？」

「如果你不想死的話，就別再繼續靠近。」

海峰伸出右手，示意翔真停下來。

「如果不想死？這話什麼意思？」

「你看地上。」

「地上？」

翔真低頭一看，眼睛突然張得大開。因為前方十幾公分的地面發生崩塌，裂口一直延伸到懸崖。往裂縫的底部看去，悠人的身體就仰躺在下面，腹部在一顆看起來有上百公斤的岩石上面，破碎的內臟散落四周。

「悠……悠人……」

「……啊……唔。」

懸崖下面的悠人傳來呻吟聲。

「為……為什麼？」

「你剛才站的地方本來就快要崩塌了。」

海峰俯瞰著悠人說道。

「我早就知道那個地方快要崩塌，所以避開那裡一口氣跳過來。可是不知情的你卻整個人踏了上去。」

「啊……」

「這樣的話，就不算是我殺你。因為是你要追殺我的。」

「……哈……哈哈……」

悠人口吐血沫，笑著說：
「不……不愧是海峰……早知道，我應該……找別人……」
悠人停止了動作，嘴形還保持著微笑。
「悠人？」
對於翔真的叫喚，悠人已經沒了反應。
「死了嗎……？」
「應該是吧。」
海峰站在地面裂縫的對面說。
「現在我們該提防的人，只剩下古漢和理緒了。」
「理緒死了。被雪菜拿刀刺死了。」
「你親眼看到的嗎？」
「是的，而且雪菜也死了。」
翔真回答道，握緊的拳頭微微地顫抖著。
「在這次的命令中死去的有志玲、海音、萌華、勤席、雪菜、理緒，以及悠人，這些是我所知道的名單。」
「照這樣看來，古漢應該是達成命令了。」
「不，雪菜……是因為違反個別條件的限制，才會受到處罰。所以，被古漢他們殺死的人只有4個。」

「也就是說，他可能會再殺1個人吧。」
「你……你已經無法移動了吧？」
「還剩22步。」
海峰看著自己的腳下說道。
「既然還有步數，應該就有辦法可想。而且古漢那傢伙似乎並不想跟我交手。」
「那還用說，沒有人想和你交手。這又不是運動比賽，古漢要是真想達成這次的命令，會去找別的目標。」
「你說得沒錯。」
突然間，翔真的背後傳出動靜。回過頭看，古漢就站在那裡，手上還拿著刀子，翔真不由得楞在當場。
「古……古漢。」
「放心，我並不想殺你。」
古漢把刀子塞進皮帶裡，雙手輕輕舉起。
這個舉動，讓翔真皺起了眉頭。
「這是什麼意思？」
「我已經達成命令了。」
「達成了？……是誰？你殺了誰？」
翔真激動地問。

「被你們殺死的是志玲、海音、萌華、勤席。剩下的另1人呢？」

「竹諾。」

「竹……竹諾？」

「是的。我在30分鐘前殺了他。」

古漢的視線移向山頂。

「竹諾躲在山頂附近的岩場。從下面看很難發現，但是從上面看卻是一目瞭然。所以我很輕鬆就把他解決了。」

「……是嗎？你殺死了竹諾。」

「不要那麼沮喪嘛，應該要感謝我才對啊。」

「感謝？」

「我殺了竹諾，所以你和你的那些好朋友邦友、東河、若英、美佳，也不會被殺了啊！」

「那只是剛好而已。」

翔真瞪著古漢說。

「我能了解你為何殺死海音和竹諾，因為不這麼做的話你就會死。可是我無法感謝你。」

「哼。你還是老樣子，滿腔的熱血正義。但是你也無法否認，我、悠人和理緒，可能已經讓國王遊戲結束了喔！」

「……你的意思是，你們殺死國王了嗎？」

「是的。竹諾死了，悠人好像也是。這兩個人的嫌疑都很重大。女生之中形跡可疑的勤席和海音也死了。活著的人就只剩下……」

「8個人了。」海峰接著回答。

「翔真、古漢、邦友、東河、永明、若英、美佳，還有我。」

「這樣應該沒有問題了吧？雖然不敢打包票，但是那些國王的嫌疑者都死了。」

「希望如此……」

海峰瞇起細長的眼睛看著翔真和古漢。

【8月11日（星期一）傍晚5點21分】

翔真對著山西側的洞穴內部大喊。

「永明！你在裡面嗎？」

十幾秒過後，永明從裡面走了出來，美佳跟在後面。永明看到翔真身上的T恤沾滿了血跡，歪起嘴笑了。

「看樣子，你真的跑去當誘餌了呢。」

「嗯。你也有好好保護美佳。」

「這是約定。另外，我還治好了美佳的心病喔。」

「治好了？」

「嗯。美佳，妳快向翔真道謝。他為了我們，不惜冒險當誘餌呢。」

永明說完，美佳立刻跑向翔真。

「翔真，謝謝你救了我們。」

「咦……？」

聽到美佳活力十足的聲音，翔真睜大了眼睛。

「喂、美佳。」

「嗯？怎麼了？」

美佳不解地看著翔真，眼神看起來就像個正常人。

「沒事。妳不要緊嗎？」
「當然，我又沒有受傷。」
「不、我不是問妳身體的傷，而是妳的男朋友秋雄死了之後，妳一直很沮喪。」
「男朋友？你在說什麼？我的男朋友是永明啊。」
「……嗄？」
聽到美佳這麼說，翔真楞住了。
「永明是妳男朋友？」
「是啊。在8月1日的晚上，永明向我告白了。」
「8月1日？那是秋雄向你告白的日子啊！」
「不。秋雄和我只是普通的朋友，我的男朋友是永明。」
「美佳……」
翔真感到喉嚨又乾又啞。
——怎麼會變成這樣？美佳的男友是秋雄啊。為什麼她說是永明？
「永明！」
翔真抓住美佳身旁永明的T恤說。
「你對美佳做了什麼？」
「做了什麼？當然是心靈治療啊。」
永明歪起右臉，嘴角翹向一邊。

「美佳會得失心瘋，是因為男友死去造成的吧。既然這樣，只要讓她以為男朋友還活著就好啦。我只是告訴她我是她男朋友而已。」

「你……你這樣不是給美佳洗腦嗎？」

「只要美佳感到幸福就好了不是嗎？美佳能恢復精神，都是我的功勞呢。」

「太離譜了！你以為這麼做是對的嗎？」

「住手，別再說了，翔真！」

美佳制止翔真進一步的動作。

「永明是我的男朋友！」

「妳的男朋友是秋雄！他為了救妳跳下懸崖了！」

「不是不是不是！」

美佳摀著頭，拚命地搖頭否認。

「我的男朋友是永明，他沒死，就在我身邊！」

「冷靜下來，美佳。」

永明抱住美佳的肩膀。

「別怕，妳的護花使者在這裡。」

「永明……」

美佳的眼睛泛著淚光，臉頰一陣紅暈。

「我和永明會永遠在一起。」

「我知道。我想，國王已經死了。在研習結束之前，我們都不要分開。」

永明緊緊抱著美佳，眼睛卻看著翔真。

「你這個電燈泡還不快閃開嗎？我要帶美佳回紅島館了。」

「唔……」

翔真不知該如何回應，緊閉的嘴唇微微地顫抖著。

【8月11日（星期一）晚間8點13分】

「可惡！永明那傢伙，到底在想什麼！」

翔真用力往桌子搥了一拳。

「居然竄改美佳的記憶，實在是太過分了。秋雄是為了美佳而犧牲自己的生命啊！」

「我了解。」

邦友旋緊了瓶裝水的蓋子，坐在椅子上。

「我也不認同永明的做法。不過我認為，現在這樣也許對美佳最好。」

「可、可是！」

「聽好，就算國王遊戲結束，也無法馬上離開紅島，畢竟我們感染了凱爾德病毒。不過各國政府不會撒手不管，一定會請醫生定期來看我們，把我們納入管理。」

「請醫生……」

「是的。有人身體受了傷，有人的心理需要治療不是嗎？」

邦友看了一眼纏著紗布的翔真額頭說道。

「經過醫生的治療，美佳的記憶應該會恢復吧。但是以她目前的狀況，還是讓她以為永明是她男友比較安全。」

「邦友說得沒錯。」

東河用他的大手拍拍翔真的肩膀說道。

「我了解你擔心美佳的心情，畢竟她是秋雄的女朋友。但是暫時先忍耐一下吧，15日那天早上，接我們船就會來了，只要等到那個時候就行了。我也認為，國王遊戲已經結束了。」

「這很難說。」

邦友低聲地說。

「在這次的命令中，雖然死了幾個國王的嫌疑者，但是也不能百分之百確定國王就在其中。」

「這麼說的話，存活下來的永明可能是國王囉？海峰和古漢也是。」

東河發出了沉吟。

「永明、海峰、古漢三個都有嫌疑。但是我個人認為，悠人或竹諾的嫌疑最重大。尤其是竹諾。」

「如果竹諾是國王，怎麼會被古漢殺死？應該會發出對自己有利的命令啊。」

「我認為悠人是國王。在這次的命令中，悠人的立場是要殺人，因為自己不會被殺，又有古漢當隊友，所以他認為自己可以過關。一定是這樣沒錯！」

「……希望真如你所說的那樣。」

邦友看著翔真說。

「翔真，你怎麼看？也認為國王遊戲結束了嗎？」

「……我是這樣期待啦。」

深深嘆了一口氣後，翔真說道。

「10天內死了35個人，我實在不想再看到有人死了。」

「是啊……不過，還是保持警覺比較好。」

「我知道。萬一來了一道要我們互相殘殺的命令，那就危險了。」

「沒錯。已經過了11點，我們往海邊移動吧。」

對於邦友的提議，翔真點頭贊成。

——的確，還是要提防可能會有下一道命令才行。不過，國王應該死了吧，只是無法確定是竹諾、悠人，或是理緒、海音、萌華、勤席。但不管怎麼說，我們是安全了。一定是的……。

命令10

【8月11日（星期一）晚間11點50分】

翔真、邦友、東河、若英在紅島館西邊的海岸集合。

抱著膝蓋坐在沙灘上的若英，張開緊閉的嘴唇說：

「快到午夜12點了。」

「……是啊。」

翔真看著手機螢幕顯示的時間回答。

「我想是不會有新的命令來了。當然，還是不能完全放鬆警戒。」

「希望如此……」

「放心吧，若英。」

東河露出雪白的牙齒笑著說。

「現在還活著的人之中，有嫌疑的就只有永明而已。」

「永明……是嗎？」

「那傢伙殺人不眨眼。不過，不像悠人或竹諾那麼嚴重就是了。」

「如果我沒記錯，永明在第2道命令的時候並沒有吞下膠囊對吧？」

「是啊。如果他是國王，就會知道哪個顏色的膠囊有毒，他只要挑其他顏色的就行了，沒必要避開不吞啊！」

「說不定他是演戲給我們看？」

「演戲……？我不認為永明是那麼精於算計的人。」

「志玲也說過同樣的話。」

聽到他們的對話，翔真這麼說。

「她說，永明這個人少一根筋，想不出太曲折的作戰計畫。」

「既然如此，看來國王不是竹諾，就是悠人囉？」

「海峰和古漢也不能排除嫌疑。」

「他們兩個不像。海峰家裡很有錢，腦筋聰明，運動神經又好。條件這麼好的人，沒必要進行國王遊戲吧。古漢家雖然不是很有錢，但是他往體育界發展的話一定很有前途，不可能會自毀前程的。」

「以動機來看的話，海峰和古漢應該都不是國王……」

聽到翔真的喃喃自語，邦友搖搖頭說。

「剩下的人數太少了，所以還是不要排除他們的可能性比較好。海峰他們也一樣懷疑我們啊！」

「如果能像普通的殺人事件一樣，拿出自己的不在場證明就好了。」

「啊、我好像有。」

若英舉起右手說。

「在第8道命令和第9道命令下來之前的這段期間，我都和美佳在一起，根本沒有時間去拿預藏的手機，而且操作的時候也會被美佳發現，所以我不是國王。」

「很抱歉，美佳的精神狀況不穩，不能當作若英的不在場證明。相反的，妳才是美佳的不在場證明。」

「是、是嗎……」

若英失望地垂下肩膀。

「我還以為可以證明自己不是國王呢。」

「若英不是國王。」

翔真砰的一聲拍了若英的肩膀說。

「就算拿不出任何證明，我也相信若英。」

「翔真……」

若英眼眸中的月影微微搖曳著。

「我也相信翔真不是國王。」

就在此時，所有人的智慧型手機同時響起簡訊的鈴聲。

翔真頓時楞住。

「怎……怎麼可能……」

他像個傀儡娃娃般，動作生硬地看了一下手機畫面。

【8／12星期二00：00　寄件者：國王　主旨：國王遊戲　本文：這是紅島上所有人都必須參加的國王遊戲。國王的命令絕對要在時限內達成。※不允許中途棄權。※命令10：天海翔真要殺死王海峰。王海峰要殺死金古漢。金古漢要殺死天海翔真。　END】

「殺死王海峰……」

在唸出聲的同時，彷彿胃液也湧了上來。

——殺死王海峰……要我殺人？不殺人就要受罰？

全身的血液瞬間變冷，牙齒喀啦喀啦地打顫。

「翔真！」

邦友抓住翔真的肩膀。

「快點行動！躲到隱密的地方。」

「躲起來？」

「是啊！古漢會來殺你啊！」

「古漢……」

——對了，古漢要來殺我，否則就會受罰。他看到命令之後，一定會來殺我。說不定他已經躲在附近了。

「翔真，放心。我和東河會跟你一起行動。這樣古漢就不敢輕舉妄動了。」

「好！只要我們團結起來，就算是古漢也沒什麼好怕的！」

東河粗壯的手臂彎成直角說道。

「如果是單挑，翔真恐怕贏不了古漢，不過我們3個聯手的話就有勝算。海峰也不敢貿然行動……」

「不行！」

翔真往後退了幾步，拉開和他們之間的距離。

「這次的命令是要我單獨行動。你們和若英在一起吧。」

「嗄？可是你單獨行動的話，很難躲過古漢的追殺。而且，你要怎麼殺死海峰？」

「……這是我的戰鬥。海峰和古漢應該也是單獨行動才對。」

「現在可不是談什麼光明正大決鬥的時候啊！」

東河揚起濃眉說。

「老實說，海峰和古漢都是超人。你雖然喜歡運動，但也只是一般程度而已。如果是光明正大的決鬥，你根本打不贏他們。」

「所以我才不想拖累你們！跟我一起行動的話，會成為古漢他們的目標啊！」

「我知道，可是我不希望你被殺死啊！」

東河加強語氣說。

「我不想招惹古漢，也不想殺海峰。但是，我就是希望你能活下去。」

「東河……」

「我要跟你一起戰鬥！就算是死也要死在一起。」

「我的想法和東河一樣。」

邦友語氣堅定地說。

「比起海峰和東河，我們更在乎你的生命。」

「……謝謝。」

翔真眼泛淚光，凝視著邦友和東河。

「聽到你們這麼說我就心滿意足了。但是，我還是要單獨行動。」

「翔真！」

「不要擔心，邦友。我實在不想再看到任何好朋友死去了。」

「可是，要是你死了，又有什麼意義呢？」

「我說了不要擔心。的確，海峰和古漢的體能跟怪物一樣，但是我也不見得一定會輸。畢竟，這是一對一的決鬥。」

「……你能殺死海峰嗎？不，你敢殺人嗎？」

對於邦友的質問，翔真遲疑了幾秒。

「我可以。因為他們也想殺我。既然大家都是同樣的條件，我也沒必要對他們心軟。總之，我不希望你們捲入這場戰鬥之中。」

「這樣，對你來說會比較容易嗎？」

「是的。我會殺死海峰。要是古漢想殺我的話，我也會毫不留情地反擊。雖然棒球輸給他們，但是這次我會贏回來。」

「……好吧，我相信你。」

「邦友、東河，你們就負責保護若英和美佳。接下來會發生什麼事，誰都無法預料。」

「放心交給我們吧。我們也會留意永明那傢伙的動靜。」

「那我就可以全心全意應戰了。」

「翔真……」

若英顫抖地叫著翔真的名字。

「你不能死。絕對不能死喔。」

「……我不會死的。我一定會活下去。」

翔真的手輕輕地放在若英的肩膀上，露出雪白的牙齒對她微笑。

【8月12日（星期二）午夜0點34分】

和邦友他們分道揚鑣後，翔真獨自朝海邊的道路跑去，眼眶裡堆積著淚水。

——邦友、東河、若英，對不起。其實，我沒有自信可以打贏古漢他們。而且，也不打算殺死海峰。但是我不忍心看到你們死去。

海風吹進翔真的眼睛。

——就算我想殺死海峰，恐怕也做不到。那傢伙不是普通厲害，古漢也是……。

跑到中途，翔真停下了腳步。

「看來，我也快死了吧……」

翔真從口袋裡拿出手機，看著昨天妹妹香澄傳給他的簡訊。

『給老哥★　我知道老哥參加研習營很開心，可是別忘記回信給你可愛的老妹啊！爸媽很擔心你喔！你都沒接老媽的電話對吧？如果知錯的話，就傳海峰的照片給我吧。我很想交個帥哥男友呢。』

「才念中學就這麼想談戀愛。」

翔真發出乾澀的笑聲說道。

「我沒有接老媽的電話，也沒打回去報平安，是因為和外面聯絡的話，就會受罰而死啊！」

——再也沒機會和老爸、老媽、香澄說話了嗎？

「對不起，老爸、老媽。對不起，香澄。」

一想到此生可能無法再相見的家人，翔真的眼睛又濕了。

【8月12日（星期二）清晨6點27分】

踏進西邊燈塔附近的一間民宅內，翔真先到客廳觀察地形，從碎裂的窗戶往院子看去，只見一片荒煙蔓草。

「躲在這裡，應該不會被古漢發現吧。」

翔真一面喃喃自語，一面靠著少半邊門的衣櫥坐下來。看著幾乎跟人等高的野草在風中搖晃，不禁嘆了口氣。

——要是我繼續躲著，古漢就會因為無法達成命令而死吧。但是我自己也會因為沒有殺死海峰而死……如果我們3個人都決定不殺人也沒有意義，因為到頭來3個人都會死。

「只有1個人能活下去了……」

如果翔真決定不殺海峰，自己就會死。到時，海峰只要殺了古漢就可以活下去。但是，要是古漢找到翔真把他殺了，而且逃過海峰的追殺，那麼他就可以活下去。

「對不起，美麗、雪菜。」

翔真口中唸著救過他的幾個女生的名字。

「妳們冒險救了我，可是到最後，我好像還是難逃一死。」

院子裡的野草被風吹得沙沙作響。

「……為什麼會落到必須自相殘殺的下場呢？」

翔真的疑問，沒有人能回答。

——至少，邦友、東河、若英、美佳他們能活下去就好……。

此時，院子的野草叢傳出了動靜。

——有人找來這裡了嗎？

翔真趕緊躲進衣櫥裡。

從殘破的窗戶看去，海峰就出現在院子裡。

「海峰……」

翔真用右手摀住嘴。

「——為什麼海峰會找來這裡？是來找古漢的嗎？」

海峰進到屋內，銳利的眼神開始搜索著室內的各個角落。

翔真的心臟跳得非常厲害，摀住嘴的手心也滲出汗來。

——冷靜下來。海峰的目標不是我，是古漢。就算發現了我，也不會殺我的。

海峰放下背上的旅行背包，從裡面拿出瓶裝水喝了起來。仔細看才發現，他穿的那件T恤肩膀部分有破損，而且還滲出血來。

——奇怪，我記得昨天他的肩膀並沒有受傷啊。

喝完了水，海峰朝翔真躲藏的衣櫥這邊走了過來。

——被他發現了嗎？

翔真的心跳猛然加速。

其實海峰並不知道少了半邊門的衣櫥裡面躲著人。他在衣櫥前面轉了個方向，往院子看去，背對著衣櫥。翔真忍不住嚥了一口口水。

——趁這時候殺了海峰，就能活下去了。我碰巧躲在這間廢棄的屋子，海峰剛好也跑來這裡。這是天賜良機！

翔真不作聲地抽出夾在腰帶上的小刀。那是秋雄生前交給他的武器。

——沒錯。反正也有國王的嫌疑，不如就殺了他。只要國王一死，不只是我，邦友他們也都可以得救。

握住小刀的手，被汗水沾得又濕又黏。

——好！從破損的那扇門伸出手，把刀子插進他的脖子，這樣他就沒辦法反擊了。現在是殺海峰的絕佳機會！

背對衣櫥的海峰呼吸聲清晰可聞。

翔真瞇起眼睛，凝視著刀鋒反射出來的自己。

幾十秒的時間過去了。

翔真把小刀插回腰帶裡，然後伸出食指，在海峰的頸背上戳了一下。

海峰迅速轉身，從衣櫥前面跳開。

「誰？」

「是我，海峰。」

翔真笑著從衣櫥裡面走出來。

「哈哈，看到你嚇成那樣真是有趣。」

「翔真……」

海峰的表情轉為嚴肅。

「你這是在做什麼？」

「做什麼？」

「剛才你應該要殺死我才對啊！」

「是啊。也許我不該用食指，而是用小刀，那樣就能殺死你，我也可以達成任務。」

「既然知道，為什麼不動手？」

「為什麼……？」

翔真看著剛才握著小刀的右手心。

「殺死你我就能得救，而且說不定你是國王。從這方面去想，也許我是該動手。」

「這和我是不是國王沒有關係，而是不殺我，你就會死。就算我不是國王，你也應該要殺我，可是你居然放棄了唯一的機會。」

「無所謂。反正我已經有覺悟了。」

「覺悟？」

「必死的覺悟啊！」

翔真露出疲憊的笑容說。

「之前，我為了讓自己和伙伴們活下去，拚了命四處奔波。這麼做，其實等於是間接殺了其他人。」

「既然如此，這次的命令跟之前也沒什麼不同啊！雖然必須親自動手，不過反正一樣是殺人。」

「或許吧。不過，我沒理由這麼做。」

「沒理由……？」

「是啊，我早就打定主意不殺你了。因為，你這個台灣國寶是國王的可能性太低了。」

「……你真的不後悔嗎？」

「就算現在後悔，也殺不了你了。」

「那還用說！剛才那樣的大好機會，你以為還會有第二次嗎？」

看著懊惱的海峰，翔真不由得莞爾一笑。

「對了，你的肩膀為什麼受傷了？那裡本來沒有傷口吧？」

「……我被古漢偷擊了。」

海峰看著自己的肩膀說道。

「古漢好像打算先殺我，再殺了你。我們才剛遇上，他就朝我衝過來了。」

「是嗎？所以你才會逃到這裡來嗎？」

「因為我的刀子斷了，得再找其他武器才行。」

「你那麼厲害，難道沒有武器就打不贏古漢嗎？」

「嗯。如果單純比戰鬥能力，古漢可能比我技高一籌。」

「他比你更厲害嗎？真是難以置信。」

翔真嘆了口氣，看著海峰說：

「今天之內，不只是我，你和古漢之中也會死一個。」

「也有可能兩個人都會死。」

「我是確定會死了，所以不管你們之中誰死，都與我無關……」

「這可難說喔。」

聽到海峰的回答，翔真變了臉色。

「喂，這句話是什麼意思？」

「古漢不光是要殺你，他還打算把你的死黨邦友也殺了。」

「殺了邦友？為什麼？」

「因為他有國王的嫌疑。」

海峰直截了當地回答。

「古漢原本以為，在上一個命令中國王遊戲就結束了，沒想到居然又收到新的命令。這就表示國王還活著。」

「所以，他要把邦友……」

「依照古漢的判斷，你我都不是國王，因為這次的命令對我們而言都太危險了。至於邦友、東河、永明、若英和美佳幾個還活著的人之中，永明因為沒有吞下毒膠囊，也被他排除了嫌疑。剩下的4個人之中，最有可能是國王的人就是邦友。古漢說，等他達成命令之後，就會去殺邦友。」

「邦友絕對不可能是國王！」
翔真斬釘截鐵地說。
「那你說誰是國王。東河？若英？還是美佳？」
「若英和美佳都不是。她們兩個人一直都在一起，不可能有機會跑去外面操作手機，傳送國王遊戲的命令。」
「如果是這樣，那若英就有嫌疑了。美佳的精神狀況不穩，若英不是有很多機會可以到外面偷偷傳送命令給大家嗎？」
海峰語氣平淡地繼續說下去。
「雖然東河的個性不像國王，但是到了這個地步，也不能排除嫌疑了。」
「你連東河都懷疑？」
「當然，現在人數剩下這麼少，卻還有新命令下來，也只好把所有人都列為嫌疑犯了。」
「所有人……」
「你最好拜託老天保佑我能夠殺死古漢，這樣你的死黨邦友才不會被殺死，頂多只會被囚禁起來。」
海峰說完，轉身背對著翔真離開。
「必須盡快結束這次的命令才行，而且在國王發出下一道命令之前，所有的倖存者都由我來管理。這樣的話，國王遊戲就玩不下去了。」
「海峰，等等！海峰！」

海峰沒有理會翔真的呼喚，快步走出了民宅。

【8月12日（星期二）上午7點11分】

「……知道了。古漢也想追殺我嗎？」

手機傳出了邦友的聲音。

「那麼，我先和東河他們去找個地方躲起來。」

「躲好之後，記得通知我地點。我這邊要是有什麼變化，也會通知你們的。」

結束通話後翔真走到院子，撥開野草往外面走去，沒走多久就看到燈塔和海面。

「古漢會在哪裡呢？」

翔真咬著牙，來回地察看四周。

——要是海峰能殺死古漢就好了。問題是他的肩膀受傷，說不定反而會被古漢殺死。

翔真伸手去摸夾在皮帶上的小刀。

——如果我自殺的話，古漢就會因為無法達成命令，受罰而死。但是他有可能會在懲罰降臨之前先殺死邦友他們。

「該怎麼辦才好！可惡！」

翔真一邊抓頭，一邊朝東方跑去。一想到此生可能無法再相見的家人，翔真的眼睛又濕了。

【8月12日（星期二）上午9點32分】

在山腰附近的一棟小屋前，翔真停下了腳步。他背靠著荒廢的小屋，一面調整紊亂的呼吸，一面從口袋裡拿出手機。螢幕上面顯示出邦友傳來的簡訊。

『我們打算躲在操場附近的民宅內。東河和若英也會去，請放心。再聯絡。』

「邦友他們好像沒事。」

翔真把被汗水沾濕的頭髮往上撥開。

——總之，先找到古漢要緊。一定要先下手為強。如果反應夠快，或許可以讓他受點傷……。

此時，一把朝他飛過來的小刀，打斷了他的思緒。

「唔啊！」

翔真頭部一閃，躲過飛刀。刀子直接刺入他背後的小屋牆壁。

「哎呀，要是沒躲開的話，你就一刀斃命了。」

前方十幾公尺的草叢裡傳出了動靜。翔真往聲音的方向看去。

古漢歪起嘴角站在那裡，表情像是在嘲笑翔真。

古漢撥開雜草，往翔真走來。

「終於找到你了。」

「古漢……」

翔真全身冷汗直流。

——不妙，怎麼會讓古漢先發現我呢？正面對決的話絕對打不贏他，還是先逃要緊。

翔真拔起插在腰帶上的小刀，張開蒼白的嘴唇說。

「你……是不是打算把邦友也殺了？」

「啊、海峰告訴你啦？你殺死他了嗎？如果是這樣，就沒有人會來殺我了。真是太好了。」

「我沒有殺海峰。你快回答我的問題！」

「除了殺他，我沒有別的選擇了。」

古漢直言不諱地回答。

「老實說，我一直認定悠人就是國王，所以以為不會有新命令下來，沒想到還是來了。而且從內容來看，是備用命令的可能性很低。也就是說，國王還活著。」

「就算是這樣，也不能一口咬定邦友是國王啊。」

「的確，我沒有斷言他就是國王。但至少還活著的人之中，就屬他最可疑，因為他寫過關於凱爾德病毒的論文。或者你想說，東河也有嫌疑？」

古漢的頭歪向右側說道：

「也對，東河是有嫌疑。永明、若英、美佳也一樣。可能的話，最好今天之內把他們全部都殺光……對吧？」

「喂！你在說什麼？」

「是你先說邦友不是國王的，既然這樣，就表示其他人是國王囉。」

「所以，你要殺死剩下的人嗎？」
翔真拿著刀子，往前跨出一步。
「我絕不會允許你濫殺無辜！」
「反正你就要死在我手上啦，我才不管你允不允許呢。」
古漢亮出野外求生刀。
「我錯了。」
「你錯了？」
「是的。打從一開始就不需要玩國王遊戲，不管命令是什麼，只要把國王嫌疑者全部殺光，死亡擂台就結束了。」
古漢看著求生刀，眼睛瞇成了一條縫。
「當然，要是我那麼做的話，遊戲結束後，麻煩就大了。就算沒被判刑，也會被輿論批評得體無完膚。不過不管怎麼說，總比死去要好得多。」
「你是認真的嗎？」
「……當然。我要在今天之內把所有人殺光，這樣明天的命令就不會再出現了。就算有備用命令下來，以我的實力應該不難克服吧。」
「我一定會阻止你的！」
翔真拿小刀對著古漢說道。
「我不會讓你殺死邦友他們。」

「喔，你以為你贏得了我嗎？」

「就算贏不了也無所謂，我只要讓你受傷，讓邦友和東河有機會打贏你就行了。」

「讓我受傷……？」

古漢看著翔真手上拿的刀子，一臉不屑地說：

「那種小玩意兒，恐怕無法讓我流一滴血呢。」

「過度自信，有時候是會要人命的。」

「那我就拭目以待囉。」

說完，古漢立刻衝上前。翔真機警地往後退了幾步。

「拜託，怎麼往後退？」

「這是我的戰略！」

翔真一邊往後退，一邊左右揮動刀子。古漢身體往後傾，閃過攻擊。

「真是不夠看！」

接著，翔真吆喝一聲，舉起刀子。古漢看到這個動作，迅速往後跳離。

兩人的距離拉開到2公尺以上，就算手伸得再長也碰不到對方。

即使如此，翔真還是準備揮下刀子。看到翔真的姿勢，古漢的嘴歪向一邊說：

「蹩腳貨！」

大喊一聲之後，古漢準備往前衝上去。此時，翔真突然將刀子擲出。

「唔！」

古漢揮起求生刀，擋掉飛過來的小刀，只聽見「鏘」的刺耳金屬碰撞聲，翔真的刀子隨即彈飛到樹叢中。

「哼！原來你有帶武器啊！」

「現在已經沒有了。」

翔真轉身背對古漢，快速跑開。

「休想逃！」

古漢的腳步聲在後面緊追不捨。

翔真緊咬著牙，全速沿著山路往下跑。

——剛才不顧一切把刀子擲向古漢，卻沒有發揮效果。現在只好先逃命，再去找別的武器了。

在堆積著落葉的山路上，翔真跌跌撞撞地拼命跑著。突然，古漢的腳步聲消失了。

翔真停下腳步回頭往後看，也沒有發現古漢的身影。

「好！趁現在。」

翔真繼續在樹林間穿梭前進，沒過多久，就看到了前方一棟荒廢的醫院。

「是醫院……」

翔真從醫院後門進入屋內，穿過昏暗的走廊後，往正門玄關走去。

——剛剛在醫院外面應該有留下腳印，如果現在從正門玄關出去的話，或許可以爭取一點時間。

來到走廊轉角處的瞬間，翔真突然停下腳步。

古漢就站在玄關的大門前面。他歪起嘴笑著，左手還拿著求生刀。

「很抱歉，你心裡在想什麼，我全看穿了。」

「唔！」

翔真很快地轉身往診間跑去，想從裡面的窗戶逃走。但是窗框嚴重變形，只發出嘎啦嘎啦的聲音，卻怎麼也打不開。

「你還是死心吧。」

古漢的聲音從背後傳來。

翔真背對著窗戶，和站在診間門口的古漢對峙。

古漢把求生刀指著翔真，不懷好意地笑著說。

「你已經無處可逃啦，而且手上也沒有武器。」

「誰說我沒有武器！」

翔真撿起掉在地上的窗框。

「啊、好可怕的武器，要是被打中頭部1百次，可是會出人命的。」

「好，那我就用這個打你1百次！」

「嚇死人了。看樣子，我也得拿出真本事才行呢。」

古漢收拾起臉上的笑容，閉起嘴唇，將求生刀架在胸前。

銳利的眼神中透露出濃濃的殺意，翔真的雙手不由得顫抖起來。

——不能退縮。只要搶下他手上的刀子就有機會。要是就這樣死了，邦友他們也會被殺死的。

翔真舉起窗框，雙腳微張站立著。

古漢拿著刀子一步步朝翔真靠近，臉上看不出表情變化。

此時，古漢的背後突然傳出小小的聲響。

古漢快速地轉過頭去。海峰就站在他的身後。

海峰不發一語地衝向古漢，手中還握著一把冰鑽。

古漢嘖了一聲，舉起求生刀往下揮。海峰上身一閃，躲過了攻擊。古漢並沒有因此鬆手，手上的求生刀彷彿瞬間復活一樣往上劃開，不過被海峰的冰鑽擋了下來。

金屬的交錯聲，在診間裡面鏗鏘作響。

聽到刺耳的聲音，翔真這才回過神來。

當他正要從兩人身邊逃走時，古漢冷不防地朝他的肚子用力踢去，翔真整個人往後彈飛後，背部重摔在地。

「翔真！你給我乖乖的別亂動！」

古漢邊說邊拿起刀子，往海峰的心臟刺去。海峰手上的冰鑽也同時刺向古漢的心臟。瞬間，兩人的身體像是彈飛般跳開。

「哼！沒想到你的動作還能這麼靈活，想必你肩膀上的傷並不嚴重。」

古漢小心翼翼地往右邊移動，胸口劇烈地上下起伏。

海峰配合他的動作，像在畫圈圈一樣跟著移動。
「這點傷不算什麼，我照樣能殺死你。」
「喔，不愧是台灣的國寶。不過話可別說得太滿，你不可能殺得了我的。不、應該說，沒有人能殺得了我。」
古漢大笑說，右臉頰的傷口向上歪起。
「海峰，你是天才。不管念書，還是運動，都沒有人比你厲害。不過如果是單挑的話，我的實力可是在你之上喔。」
「單挑我也不會輸的。」
「……既然這樣，就證明給我看吧。」
「當然，我正有此意。」
說完，海峰舉起左腳往古漢的膝蓋踢去。受到突襲的古漢，把求生刀用力往前刺。
古漢的膝蓋受到撞擊的聲音，和求生刀劃破海峰T恤的聲音交錯在一起。
古漢表情扭曲地說：
「腳那麼細，踢起人來想不到那麼痛。」
突然間，古漢以閃電般的速度回敬海峰一腳，海峰來不及躲開，身體因此失去平衡。
古漢的眼睛瞬間發出夜行動物般的光芒。
「到此為止啦！」
用力吆喝的同時，古漢橫刀一劃。海峰的上身立刻往側面一扭，躲過了攻擊。

「你太大意了，海峰！」

古漢一個快影翻轉後，出拳朝海峰的手打去。海峰手上的冰鑽應聲落地。古漢趁勢壓住海峰的身體，將他推向牆壁。

「一切都結束了。」

求生刀的刀尖朝海峰的胸膛刺入，海峰的左手同時抓住古漢的右手腕。

古漢的手腕發出喀啦喀啦的扭轉聲。

儘管痛得皺起了臉，可是古漢勒住海峰咽喉的左手依舊沒有絲毫鬆懈，海峰露出痛苦的表情。

「呵呵，只要刀尖再往前推個2公分，你就必死無疑了。」

「嗚……」

「你也會感覺到痛嗎？總算露出人性的一面了。」

求生刀的前端再度往海峰的身體內刺入了幾公厘。

「快死吧，沒什麼好眷戀的了。」

「……該死的人……是你！」

海峰舉起右拳，往古漢的肚子打去。

古漢弓起身體，鬆開了手。海峰低下頭，想從古漢的身旁穿過去。

「休想逃！」

古漢高舉求生刀，朝海峰的背揮下。海峰敏捷地閃了過去，只有T恤的縫線被扯斷。海峰的動作並沒有因此停止，隨即撿起掉在地上的冰鑽，反身刺入朝他衝過來的古漢側腹，古漢的求生刀也同時劃過海峰的肚子。

海峰的腹部流出大量的鮮血，一直蔓延到地面。

就這樣，海峰連一聲呻吟都沒有，便倒臥在地了。

「哈……哈哈。終於死了……」

看到倒在腳邊的海峰，古漢發出笑聲。

「這樣就證明，我的實力在海峰之上……唔！」

插在側腹的冰鑽，讓古漢的臉痛苦地扭曲著。

「雖然出血量不多，最好還是別亂動……」

古漢銳利的視線，移到了翔真身上。

「必須趁這個時候殺死你不可。」

聽到古漢這麼說，翔真頓時清醒。他想要把自己撐起來，可是手腳卻不聽使喚。

「可、可惡！為什麼不聽使喚呢！」

「喂！你的背骨也會痛嗎？看起來比我還慘呢。」

古漢的聲音從背後傳過來。

「乖乖地不要亂動。這樣的話，我才能給你一個痛快。」

「你……你休想殺了我！」

——到了這個地步，就算赤手空拳也要拼了。

翔真突然想起，一星期之前他來過這個診間。

——對了，當時在墊子底下藏了一把刀，應該還在吧……。

翔真把手伸到墊子下面，很快就摸到了堅硬的物體。他用力抽出後，使勁地將身體扭轉過來。

剛好看到古漢手上的求生刀，正朝他揮了下來。

翔真把手中的刀子往前用力刺去，不偏不倚地刺進了古漢的肚子。

古漢的動作瞬間停了下來。

「你的刀子……不是被打掉了嗎……」

喀咚一聲，古漢跪在地上。求生刀從他手中掉到地上，發出刺耳的撞擊聲。

「我……不甘心！」

古漢凶狠地瞪著翔真。

「可惡……你這傢伙遲早會死的。」

「我會死……？」

「沒錯……因為你的目標海峰……已經被我殺死了。所以你根本活不了……真是白搭了……」

古漢張開嘴，雙唇抽搐著。沒多久，身體就往一旁倒了下去。

「古漢……」

翔真看著倒在地上的古漢。

他的一雙眼睛圓睜，鮮血從腹部蔓延到地上。

「是我殺了他嗎……」

翔真沙啞的聲音在診間裡迴盪著。

持刀的手抖個不停，全身也跟著微微地顫抖。

「可惡！為什麼我會……」

淚水從眼睛掉了下來。

——雖然古漢有可能去殺邦友他們，可是我也沒有必要殺他，結果我卻殺了他。用我這雙手……。

「古漢說得沒錯，我遲早會死，根本不需要殺他……」

「咳咳……」

突然，倒在地上的海峰發出咳嗽的聲音。

翔真睜大眼睛看著他。

「海峰，你還活著？」

翔真拖著蹣跚的腳步，朝海峰走去。原本已經閉上眼睛的海峰，微張著眼。

「……古漢在哪裡？」

「古漢死了……我……殺了他。」

翔真聲音顫抖地說。

「……是嗎？古漢死了？」

「你要撐下去！我去找紗布。這裡是醫院，應該還有一些。」
「不要浪費力氣了。」
「浪費力氣？你……」
「我的傷好不了……因為失血過多……」
海峰看著自己的腹部。那個地方的衣服被劃破了一個大洞，鮮血從傷口不斷地流出。
「我只剩下幾分鐘可以活了……」
「海峰……你也會死嗎？」
「廢話，我也是凡人啊……」
「我實在無法想像你會死。」
翔真低頭看著海峰，淚水模糊了視線。
——之前我一直以為，海峰這個人沒什麼情感，不把人命當一回事。可是他並不是壞人，因為他沒有處心積慮去殺人。
「你……你要做什麼？」
海峰抓住了翔真的腳踝。
「快點……動手。」
「動手？……你要我做什麼？」
「快點殺了我。」
「殺你？……難道你要我……」

「沒錯。殺了我，你才能達成命令，這樣就可以活下去了……這是你應該做的，不是嗎？」
「可、可是……那樣你就會死不是嗎？」
「就算你現在不動手……幾分鐘之後我還是會死。所以你必須殺我，這樣才是正確的決定……」
「正確的決定……？」
翔真感到喉嚨又乾又渴。
——的確，現在殺了海峰，我就能活下去，可是……。
「我……」
「快動手……我想要早點從痛苦中……解脫……」
聽到海峰這麼說，翔真決定採取行動。他撿起掉在地上的求生刀，在海峰的面前跪了下來。
「海峰……你真的願意嗎？」
「……嗯。不過，我有個心願。」
海峰用顫抖的手拿起手機，把它交給翔真。
「把這個放在紅島館容易被看到的地方。我把遺言寫在裡面了。」
「遺言……」
「是給我父母和弟弟的。」
「你有弟弟？」
「他還在念小學。我來參加研習的這段期間……他每天都會傳簡訊給我，可是因為這裡發生了國王遊戲，所以我一直沒有回訊。」

「原來你還有弟弟……」

「他很喜歡看日本漫畫，而且他很羨慕，我能和日本人交朋友。不過很可惜……我們並沒有成為好朋友。」

「在國王遊戲開始之前，你看起來，似乎不想和我們交朋友。」

「我對這方面……一直很笨拙。」

逐漸失去血色的嘴唇擠出微笑的形狀。

「念書和運動對我而言，是輕而易舉的事，唯獨……交朋友這件事，我實在不行。」

「你想太多了……只要多聊天，多和大家玩在一起，很自然就能成為好朋友了。」

「……是嗎？也許我早該這麼做吧……」

「想和你交朋友的人一定有很多。」

「那你呢……？你想和我成為好朋友嗎？」

「那當然啊。」

翔真毫不考慮地回答。

「能和被譽為台灣國寶的天才當好朋友，是多麼驕傲的事。回到日本之後還可以跟朋友炫耀一番呢……不過，現在說這些都於事無補了。不光是你，其實我想跟所有人都成為好朋友，和是不是日本人、台灣人或韓國人都沒關係。」

「嗯……你說得沒錯。」

海峰的聲音越來越虛弱。

「最後能和你說話……我已經心滿意足了。來吧，拿刀子刺入我的心臟。」

「海峰……」

「快點……我想早點結束痛苦……」

看著呼吸越來越困難的海峰，翔真忍不住流下了眼淚。

「海峰……對不起。」

「不要道歉……這是我心甘情願的……」

「……」

翔真緊咬著嘴唇，舉起了求生刀。

【8月12日（星期二）下午1點18分】

回到紅島館後，翔真把海峰的手機放在餐廳中央的桌子上。之前死去伙伴們的手機、護照、錢包，也都整齊地擺在一起。

「放在這裡很容易被發現，這樣就沒問題了吧？」

翔真喃喃自語著，就近找了一張椅子坐下，這時突然感覺到頭隱隱作痛，手腳也痠麻無力。

「原本抱著必死覺悟的我，還是活了下來……」

——雖然古漢和海峰死了，但我不認為他們是國王。國王還潛伏在我們剩下的幾個人之中。照這情況看來……。

此時，廚房那邊傳出了動靜。

——誰在廚房？

翔真從椅子上站起來，悄悄地往廚房走去。

仔細看去，發現美佳正把裝滿水的保特瓶放進手提袋裡。

「美佳……」

大概是聽到了翔真的聲音，美佳一臉驚恐地回過頭看。

「翔真……」

「美佳，永明在哪裡？」

「永明？他躲在東邊海岸的附近啊。」

美佳指著東方說道。
「雖然這次的命令跟我和永明沒有關係，但是永明說，古漢可能會把我們一起殺了，所以還是躲起來比較安全。」
「永明的推測是對的，不過已經不用擔心了。」
「不用擔心了？」
「是的。因為我已經殺了古漢和海峰。」
翔真忍住內心的痛苦說道。
「對了，美佳，妳現在還以為永明是妳的男朋友嗎？」
「怎麼這麼說呢，我的男朋友一直是永明啊。」
美佳不解地看著翔真。
「之前你也問過同樣的問題。翔真，你真的好奇怪喔。」
「……是嗎？」
翔真歪著臉說。
——美佳的記憶還是還沒有恢復嗎……？永明那傢伙，也許是想利用美佳，好讓自己活下去吧。
「美佳……妳最好不要輕易相信永明說的話。」
「不要輕易相信？相信自己男朋友說的話，有什麼不對嗎？」
「……男朋友？在這種情況下，妳應該要感到懷疑才對啊。現在還活著的人只剩下妳、我、邦友、東河、若英、永明6個人了。萬一今天晚上又有新的命令下來，就表示國王藏在我們之中啊。」

「說到這個，永明懷疑邦友和若英是國王喔。」

美佳的聲音聽起來比平常要低沉了些。

「在我們幾個還活著的人當中，就屬他們兩個的嫌疑最大。」

「除了邦友，連若英也有嫌疑嗎？」

「嗯，因為若英一直跟你們在一起。」

「因為這樣就懷疑她？」

「你想想看，你和邦友、東河三個人是好朋友對吧？如果國王是女生，那麼她想要活久一點的話，最聰明的方法就是跟你們一起行動，因為男生會保護女生不是嗎？」

「可是，在第8道命令和第9道命令之間，妳不是一直和若英在一起嗎？如果若英是國王，不可能偷偷跑出去傳送命令而不被妳發現啊。」

「那段時間的事，我已經記不太清楚了。」

美佳舉起左手搗著頭說道。

「我只記得和若英待在同一個房間，但是不記得是否一直在一起。」

「妳的意思是，若英和妳有分開行動的時候嗎……」

翔真用比平常低沉的聲音問道。

「翔真，我認為你和永明都不是國王。可是邦友、東河和若英，我就不敢保證了。你要我提防永明，我卻認為邦友他們更危險。」

「這……」

「翔真，我想勸你，不要因為他們是你的死黨，就盲目地相信他們。」

美佳說完，便抱著裝有瓶裝水的手提袋，離開了廚房。

命令11

【8月13日（星期三）午夜0點0分】

在日期更新的同時，留在餐廳裡的翔真、邦友、東河和若英的手機也傳出了簡訊鈴聲。

翔真膽顫心驚地打開手機螢幕畫面查看。

【8／13星期三00：00　寄件者：國王　主旨：國王遊戲　本文：這是紅島上所有人都必須參加的國王遊戲。國王的命令絕對要在時限內達成。※不允許中途棄權。※命令11：找出國王寫有倖存者姓名的卡片。找到2張寫有自己名字的卡片之人，就算達成命令。不過，可以利用撕毀卡片的手段，懲罰名字被寫在卡片上的人。有兩人受到懲罰時，命令就結束。　END】

「寫有名字的卡片……」

翔真凝視著手機的液晶螢幕，張開乾澀的嘴唇說道。

——從命令的內容看來，大家都有機會活下來。總之，先把全部的卡片找出來要緊。

「好！大家分頭去找吧！」

「就這麼辦。」

邦友支持翔真的提議。

「先想辦法達成命令再說。卡片藏在島上不同的地方，可能要花不少時間才能找齊喔。」

「只要大家同心協力，應該不成問題。」

「你說的大家，也包括永明和美佳嗎？」

「嗯。不過要求他們跟我們在同一個地區找也沒有意義。」

翔真拿起手機，撥給永明。

「永明，你看到國王的簡訊了嗎？」

「……嗯。」

電話傳出的是永明低沉的聲音。

「既然有新的命令下來，就表示你們之中有人是國王。」

「嗄？我看你才是國王吧！」

翔真對著麥克風大聲說。

「如果你不是國王，就幫忙一起找。」

「一起找？」

「沒錯。從這次的命令內容看來，有機會讓大家都達成命令。所以我們6個還活著的人，要分頭去找國王的卡片。」

「……我懂了，你的意思是，不要在同一個地方找對吧？」

永明沉默了數十秒之後說道：

「好吧。就算你們之中有人是國王，至少剩下的3個人不是。而且，國王有可能已經死了，而這個命令是備用命令。好，我們會一起找。」

「太好了！總之，大家先達成這次的命令。找出國王的事以後再說。」

聽到翔真這麼說，圍繞在一旁的邦友等人，也頻頻點頭表示贊同。

【8月13日（星期三）上午7點23分】

「這個房間裡面也沒有嗎……」

在西南方一處民宅的空房間內，翔真擦拭著汗水說道。陽光從破損的窗戶透射進來，照在翔真堆起來的舊書本上。

「原本以為卡片可能會夾在書本裡的，看來好像是白忙一場了。」

翔真坐在書堆上，拿出手機看了一下時間。

——糟了，都找了7個多小時，到現在連1張都還沒有找到。寫有6個人名字的卡片，應該是全部打散分別藏在不同的地方才對啊！

「也許根本沒有藏在這附近？」

翔真咬著牙，發出摩擦聲。

——多想無益。現在能做的，就是在自己分配的區域上仔仔細細地找。

「一定要讓全部的人都過關！」

幾十分鐘過後，翔真走出民宅，轉往隔壁的小倉庫。小倉庫裡面擺滿了古老的傢俱和耕作用的機具，空氣中瀰漫著一股潮濕的霉味。

「這裡……好像也沒有。」

翔真喃喃自語著，隨手打開了衣櫥的抽屜，發現裡面有一張黑色卡片。

翔真頓時睜大了眼睛。

「這……難道是……」

拿起卡片仔細一看，上面有用白色的筆寫下的韓國字。看到熟悉的文字，翔真的眼睛瞬間亮了起來。

「這名字應該是……東河。太好了！找到一張了！」

卡片的大小和手掌差不多，材質是紙板。白色的字跡寫得歪歪扭扭的，大概是為了掩飾國王原來的筆跡吧。

「嘖！這麼一來，想用筆跡找出國王恐怕不容易。」

此時，智慧型手機傳出鈴聲。翔真看了一下螢幕，來電顯示是若英。

翔真的耳朵貼著手機接聽，喇叭同時傳來若英的聲音。

「翔真！我在紅島館2樓找到卡片了！」

「妳也找到了嗎？」

「咦？翔真也有找到嗎？」

「是啊。是寫有白字的黑色卡片對吧？」

「嗯。我這張上面寫的是天海翔真。」

「是嗎？找到我的卡片啦？」

翔真感到眼眶湧起一股濕熱的感覺。

「謝謝妳，若英。只要再找到一張寫有我名字的卡片，我就能達成命令了。」

「說起來，能找到翔真的卡片只是巧合。」
「我找到的這張是東河的卡片。可是妳放心，我一定會找出妳的卡片。」
「嗯，我們彼此都要努力找喔。」
「好！那麼，找到別的卡片之後再通知我。」
通話結束後，翔真對自己說了一聲「加油！」。
——照這樣的速度，應該可以找出每個人的卡片。既然在這房間裡可以找到卡片，說不定還可以找到別張。因為，國王不可能為了藏卡片，在島上四處走動。
「好！一定要找出藏起來的卡片！」
說完，翔真開始繼續尋找卡片。

【8月13日（星期三）下午1點26分】

翔真正在西南海岸附近尋找的時候，突然聽到北方有人在呼喚他的名字。

朝聲音的方向看去，發現邦友出現在幾十公尺前方的沙灘上，他的手裡拿著黑色的卡片，朝翔真這邊跑來。

「翔真，我也找到卡片了。」

「你也找到了嗎？寫了誰的名字？」

「是若英的。就放在路邊民宅的玄關那裡。因為很明顯，所以一下子就看到了。」

邦友把手上的卡片拿給翔真看，上面的白色字體的確寫著『黃若英』三個字。

「到目前為止已經找到3張卡片了。剛才我打手機給東河，他說還沒有找到。」

「也許永明和美佳有找到也說不定呢。」

「或許吧……」

「嗯？怎麼了？」

看到邦友皺著眉頭，翔真感到納悶。

「這次的命令，應該可以和永明他們協力完成。因為我們也會幫忙找他們的卡片。」

「說不定這樣反而危險。這次的命令是要找出2張寫有自己名字的卡片，才算達成命令。但是除此之外，還有其他辦法可以過關。就是把寫有別人名字的卡片撕毀，如此一來，殺死2個人並不是什麼難事。」

「……你的意思是，永明可能把我們的卡片撕毀？」

「以永明的為人，是有可能這麼做。」

邦友看著手上的黑色卡片說道。

「他那個人為了活下去，什麼事都做得出來，這點你也很清楚。」

「可是，這次的命令有可能全數過關，根本沒必要殺得你死我活啊！」

「國王遊戲剛開始的時候是這樣沒錯，因為誰也不想殺死研習營的伙伴。」

「你的意思是，現在情況不同了？」

「至少永明已經變了。那傢伙變得殺人不眨眼，也許現在還看不出來，但是隨著時間過去，恐怕就難說了。」

「隨著時間過去……」

翔真的心跳不由得變快了。

——的確，還是要對永明保持戒心比較好，畢竟那傢伙……。

此時，翔真突然發現，美佳正步下堤防那邊的階梯。

美佳下了階梯，直接朝翔真走來。

「翔真、邦友，原來你們在這裡，我到處找你們呢。」

「找我們？打手機不就好了。」

翔真指著美佳手上的手機包說道。

「手機應該在裡面吧？」

「嗯。可是，我有東西想當面交給你們。」

「交給我們？妳找到卡片了嗎？」

「是寫有邦友名字的卡片。」

美佳的眼睛轉向了邦友，繼續說。

「我是在一家院子內有水井的民宅廚房發現的。」

「是嗎？謝謝妳，美佳。」

邦友向美佳低頭致謝。

「只要再找到一張寫有我名字的卡片，我就可以過關了。真是太謝謝妳了。」

「謝什麼，大家本來就應該互相幫忙。我現在就把卡片交給你。」

美佳正要拉開手機包的拉鍊時，突然又停了下來。

「對了，你們有找到我和永明的卡片嗎？」

「……我有找到一張永明的卡片。」

聽到邦友這麼回答，翔真睜大了眼睛。

——他在說什麼？我們還沒有找到永明的卡片啊。

邦友看了翔真一眼。翔真看到之後，趕緊把即將衝出口的話又吞了回去。

「……原來你們找到永明的卡片啦。」

美佳把手伸進手機包裡，眼睛繼續看著邦友說道。

「那麼，把那張卡片先交給我保管吧，因為永明是我的男朋友。」

「不……找到卡片的人是東河，我們並沒有永明的卡片。」

「……喔？」

美佳的嘴唇微微地歪起。

「邦友，你說找到永明的卡片……是騙我的吧？」

「不，是真的。東河打手機告訴我的。」

「很抱歉，我必須揭穿你的謊言，因為剛才我已經先向東河和若英確認過了。」

說完，美佳轉身離開了邦友。

「邦友果然很聰明，很快就猜到了我的心思呢。」

「喂，美佳。」

翔真叫住美佳。

「妳在說什麼？什麼心思？」

「我直說好了，要是沒有找到我和永明的卡片，我們還是有自保的手段。」

「美佳從手機包裡取出寫有邦友名字的卡片，二話不說立即撕毀。

「啊……」

翔真瞬間楞住了。他的眼睛睜到極限，瞳孔反射出被撕成兩半的卡片。

「妳……妳……這是在做什麼？」

「你不是看到了嗎？我把寫有邦友名字的卡片撕毀啦。」

美佳笑呵呵地攤開雙手，被撕成兩半的卡片掉到了地上。

「事實上，永明的卡片一張也沒找到對吧？這樣下去的話，永明肯定會受到懲罰，所以我們只好用其他的手段，讓命令結束囉。只要有2個人死去，命令就結束了對吧？」

「美佳……妳早就想把邦友的卡片撕了嗎？」

「沒錯。」

美佳的眼睛閃爍著異樣的光芒。

「要是你們手上有我們的卡片，我就不能這麼做了。因為你們也有可能做同樣的事。不過，我剛才已經確認你們手上沒有，所以就放心把卡片撕了。」

「傻瓜！根本沒必要這麼做啊！只要大家同心協力的話……」

此時，邦友突然壓住左胸口，整個人隨即倒臥在沙灘上，臉上的表情極為痛苦。張得大開的嘴，發出掙扎的呻吟。

「邦友！」

翔真跪在地上，抓著邦友的肩膀用力搖晃著。

「撐著點，邦友！邦友！」

「唔……唔……」

「為什麼要這麼做……明明有機會可以全部過關啊！」

淚水模糊了翔真眼前的視線。對於自己無法解救痛苦的邦友，翔真感到非常憤怒。

——我太沒用了。邦友是我的好朋友，好幾次救了我的命，可是我卻……

「翔……翔真……」

邦友伸出顫抖的手，從口袋裡拿出智慧型手機，將它交給了翔真。

「翔真……國王……」

「國王？國王怎麼樣？」

「國王……」

邦友的聲音消失了，嘴唇也不再有動作。

「喂，醒醒啊，邦友！」

翔真搖著邦友的肩膀大喊。

「邦友、邦友！」

「他已經死了。」

美佳用冰冷的聲音說道。

「這次的懲罰好像是麻痺呢。還好不是很痛苦。」

「還好？」

翔真轉過頭，瞪著美佳。

「妳知道……自己做了什麼嗎？妳殺了邦友啊！」

「當然知道啊。我只是採取必要的行動罷了。」

「必……必要？」

「嗯。我把保護男朋友的性命排在第一優先的位置。只要再殺一個人，就算沒有找到卡片，永明也能活下去。」

「再殺一個人……」

「如果是永明以外的卡片，不管找到誰的都無所謂，我會很樂意把卡片撕毀。因為我只要我的男朋友活下去就行了。」

美佳雙眼濕潤地對著邦友的屍體說道。看到她的樣子，翔真不禁感到一陣戰慄。

——怎麼會有這種事……？美佳居然會殺死邦友？不可能……不可能的。邦友是秋雄的朋友，美佳怎麼會那麼做……。

翔真呆在原地，淚水不停地流下。

【8月13日（星期三）下午3點11分】

「喂……這不是真的吧？」

看著倒在白色沙灘上的邦友，東河不敢置信地說。

「為什麼？為什麼邦友會死呢？」

「美佳把他的卡片撕了。」

翔真緊握的雙拳微微顫抖著，這麼回答道。

「因為永明的卡片一張都沒有找到，所以她打算先殺死2個人，用這種方式通過這次的命令。」

「殺死2個人？要是我們的卡片被美佳找到的話……」

「應該會被她撕掉吧。」

聽到翔真的回答，東河身旁的若英，忍不住用雙手摀著嘴。

翔真深深地吸了一口氣，努力想讓拳頭停止顫抖。

「現在不是悲傷的時候，美佳會這麼做，想必永明也一樣。」

「既然撕破臉了，我們也得趕緊找到他們的卡片，然後把卡片撕掉。」

東河憤怒地說。

「反正他們已經是敵人了。」

「不可以這麼做！」

「為什麼？邦友被殺了啊，難到你不會心痛嗎？」

「我當然會啊！」

翔真用力抓住東河的肩膀說。

「好朋友被殺了，我當然不甘心。可是殺他的人是秋雄的女朋友美佳，她是被永明洗腦才會那麼做的。」

「……可惡！」

東河往地上的沙子踢了一腳。

「那你說，我們該怎麼辦？那兩人不只會撕了我們的卡片，連若英的也可能會被撕毀啊！」

「先把永明和美佳抓起來。」

「抓起來？」

「嗯。把他們抓起來之後，我們再去找出全部的卡片，這樣就不會有人受罰了。」

「……好。那我負責去抓他們。翔真，你和若英趁這段時間快去找卡片。」

「你一個人沒問題嗎？說不定會他們會聯手殺了你。」

「永明的確是這種人。」

東河的雙手在胸前交叉，手指發出喀啦的聲響。

「不過，那傢伙的體重只有我的一半，比力氣我是不會輸的。就算他和美佳兩個人聯手，我也可以應付。」

「永明和美佳可能有武器，你要小心點。」

「我也有帶武器。」

東河從背後的背包裡面抽出一把木刀。

「用這個攻擊對方的四肢，就能癱瘓對方的行動，而不會致死。美佳雖然是秋雄的女朋友，不過她要是不肯乖乖就範，我照樣會讓她嚐嚐骨折的滋味。」

「總之，要多加小心，要是連你也死了，那就……」

「放心吧。現在海峰和古漢都死了，這裡沒有人比我更有力氣。我會保護翔真和若英的。我想，邦友一定也是這麼希望吧。」

東河擦擦鼻子，看著邦友的屍體說道。

【8月13日（星期三）傍晚5點47分】

從一處地勢較高的民宅走出來之後，隨即看見落在海平面的橘紅色夕陽。海風吹拂著翔真被汗水沾濕的瀏海。

「這間房子裡面也沒有……」

翔真坐在院子裡的一張破椅子上，愁眉苦臉地喃喃自語。

——傷腦筋，現在只能一張一張地找。東河那邊也沒有消息，大概還沒抓到永明和美佳吧。要是永明他們先找到我們的卡片，一定會迫不及待把卡片撕毀。

翔真把手貼在左胸前，緊咬著嘴唇。

——在上一個命令中，我已經有了必死的覺悟，可是不能讓東河和若英也死去啊！

翔真從口袋裡拿出邦友交給他的智慧型手機。待機畫面上顯示的是翔真、邦友、東河、秋雄搭著彼此肩膀的照片。

「哈哈……這是在紅島館的房間裡拍的吧？邦友居然把它設成待機畫面了。」

翔真的眼睛又是一陣濕熱，拿手機的手也忍不住發抖。

「……對不起。你救了我那麼多次，我卻救不了你。」

——邦友……你把手機交給我，是想告訴我什麼嗎？

才開始操作手機，畫面就出現寫有『國王的真面目』的檔案資料。

「這是……」

翔真打開檔案察看，裡面分別有以日文、繁體中文和韓語寫成的文章。翔真的眼睛移到日文的部分。

『我擔心自己會突然死去，所以留下這篇文章。8月13日，還無法確定國王是誰。命令9、命令10中死去的人員之中可能有國王。命令可能是事先設定好可以自動發送的備用命令。如果都不是，翔真、東河、若英、永明、美佳之中有一個是國王。』

文章繼續寫道。

『翔真是國王的可能性很低，除了格性不像之外，如果他是國王，應該不會傳送命令10那種會讓自己陷入險境的內容。翔真最後活下來了，不過運氣是主要原因。東河的個性也不像國王，但是他的狀況好得讓人起疑。在每次的命令中，東河似乎都被安排在不容易死的狀況下。國王可以從內部設定遊戲內容，當然也可以把自己安排在比較安全的狀況之中。』

「從內部設定……？」

——的確，如果國王是我們其中之一，當然會把自己安排在不容易死的狀況下。

翔真繼續往下閱讀螢幕顯示的文章。

『美佳不太可能是國王。首先，她的精神受到嚴重的打擊，而且若英是她的不在場證明。在第8道命令和第9道命令之間，若英一直和美佳在一起。如果她是國王，不可能在不被若英發現的情況下，偷溜出去操作預藏的手機，傳送命令給大家。雖然可以使用備用命令，但是從命令9的內容看來，國王顯然掌握了最新狀況。至於若英……』

接下來是一片空白。

「咦？沒了嗎？」

翔真喃喃自語著，手指繼續在螢幕上滑動。經過一段空白之後，果然又出現新的文章，不過這部分似乎沒有經過整理。

『若英——她說和美佳一直在一起，但是美佳的精神狀況不穩，無法證明。從個性來看，她是國王的可能性低。不過，或許是演出來的？』

『永明——個性像國王。殺人不眨眼，而且樂在國王遊戲之中。在命令2時沒有吞下膠囊。如果他是國王，應該知道哪種顏色有毒，不需要拒吃。不過也有可能是為了洗刷嫌疑的戲碼。問題是，永明有那種心機嗎？』

『＊國王是連續殺人魔，可能有自殺的傾向。』

『＊命令4確認。永明的紙條命令是選出一位女性受罰。被永明點名的女生，不太可能是國王。』

『＊命令8確認。』

【8／10星期日00：00　寄件者：國王　主旨：國王遊戲　本文：這是紅島上所有人都必須參加的國王遊戲。國王的命令絕對要在時限內達成。※不允許中途棄權。※命令8：12小時之內，在紙上寫下自己以外另一個人的名字。12小時之後，國王會決定懲罰其中一人。要是被國王指定的人，名字被寫了兩張以上的話，國王就會受到懲罰。　END】

文章到這裡就結束了。

「命令8？命令8有什麼奇怪的地方嗎？」

翔真不解地咕噥著。

——為什麼邦友會特別提到命令8？是否有什麼蛛絲馬跡？我記得在這個命令之中，我們有機會讓國王受罰……

「不……現在先不想些了。」

翔真從椅子上站了起來。

——先找到卡片要緊，否則我就要受罰而死了。先去找卡片吧。

「沒有時間休息了。要在剩下的6小時內各找到一張我、東河和若英的卡片才行。」

把邦友的手機收進口袋之後，正要走出去時，突然感到頭部一陣劇痛。

翔真摀著頭，單腳跪在地上。

「這、這是怎麼回事？」

翔真倒在地上，嘴裡流出胃液。

「唔……」

一面忍著劇烈的痛楚，一面調整呼吸。

——難道，這是國王的懲罰？可是，這次的懲罰不是心臟麻痺嗎……。

「唔……唔……」

額頭不停地冒出冷汗。

腦海裡浮現出被理緒用榔頭重擊的回憶。

——是那個時候大腦受到重擊的後遺症嗎？

「不、不行……我不要這樣死掉……」

翔真拿出若英交給他的那張寫有自己名字的卡片。

——既然都要死，不如撕掉自己的卡片接受懲罰好了。這樣的話，東河和若英就可以得救了。

正要撕毀卡片的瞬間，頭痛突然消失了。

「啊……」

翔真撐起上半身，頭部左右轉動。

「不、不痛了？」

再一次用力左右搖頭，還是不痛。

看著拿卡片的右手，指尖還有點麻麻的感覺。

「……我懂了，原來我……」

翔真緊閉起發白的嘴唇。

【8月13日（星期三）晚間11點17分】

「那麼，妳找到自己的卡片了？」

「嗯。所以，我已經收集到2張囉。」

手機的喇叭傳出若英的聲音。

「我現在就過去你那邊，沿途會繼續尋找你和東河的卡片。你在島上的西側吧？」

「是的。不過，我們約在醫院前面會合吧。東河也會去那邊。這樣不管找到誰的卡片，都可以馬上交給對方。」

「好。」

「那麼待會見了。」

通話結束後，翔真立刻往東方跑去。他拿著手電筒，在樹林間匆忙趕路。

——能找到若英的卡片真是太好了。可是我和東河還少1張。要是被永明或美佳先找到的話，一定會被撕掉或是藏到別的地方。總之，一定要先找到東河的卡片才行。

「到醫院之前，再去找一間吧。要是依舊沒發現的話，只好認了……」

翔真緊握著手電筒，口中喃喃地說著。

命令12

【8月13日（星期三）晚間11點52分】

撥開野草叢，醫院就出現在眼前。東河已經先在醫院的後門等待。東河大概是看到了翔真，巨大的身軀搖搖晃晃地朝翔真跑來。

「……翔真，卡片呢？有找到我的卡片嗎？」

「……對不起，沒有。」

聽到翔真的回答，東河歪起了臉。

「……是嗎？沒有找到啊。」

「還剩下5分鐘，或許藏在醫院裡。我們找到最後一刻吧。」

「醫院裡沒有，我剛才已經找過了。」

「……沒有？」

「嗯。已經不可能找到了，我確定要接受懲罰了。若英剛才打手機給我，說沒有找到我的卡片。」

東河無奈地笑了笑，然後在翔真的肩膀拍了一下。

「不過你放心，你可以得救。」

「我可以得救？」

「是的。我剛才來這裡的路上有找到你的卡片，被圖釘釘在樹幹上。」

東河拿出一張黑色的卡片交給翔真。卡片上面的白字的確寫著『天海翔真』。

「這樣你就有2張卡片了，恭喜你過關。」
「啊……」
「怎麼樣？我還是有貢獻吧？若英好像也找到2張卡片了，成果不錯。」
「成果不錯？可是你怎麼辦？」
翔真大喊。
「這樣下去的話，你會受到懲罰的。」
「那也沒辦法啊。說實話，我們3個全部得救的機率本來就很低。而且，我也沒有抓到永明和美佳。」
「怎麼會……」
「喂，不要一副如喪考妣的表情嘛。多虧有我，你才能得救，你可要好好感謝我啊！」
「……東河。」
「嗯？怎麼了？」
「你為什麼……要把卡片交給我？把卡片撕掉的話，你就不會死了啊。」
「……我知道。如果是永明的卡片，我一定會毫不猶豫地撕掉。不過這是你的卡片。」
東河抓抓頭，露出雪白的牙齒說道。
「我不會撕掉好朋友的卡片。」
「……你就是這種個性。」
「你不也一樣嗎？要是找到我的卡片，會把它撕掉嗎？」

「當然不會。」

翔真毫不遲疑地回答。

「我不會撕掉朋友的卡片，更何況東河是我的死黨。」

「是啊。雖然我會死，不過我很高興能和你成為好朋友。」

「……不，你不會死的。」

「我不會死？」

「……是的，因為死的人會是我。」

說完，翔真雙手拿著東河剛才交給他的卡片。突然間，東河的拳頭往翔真的腹部打去。

「嘎啊……」

翔真弓起身體，雙腳跪在地上。

「你太天真了，翔真，我早就看穿你的心思了。」

東河繞到翔真的背後，從口袋裡拿出繩子綁住他的手。

「為了抓永明他們所準備的繩子總算派上用場了。」

「東……東河……你……」

「我的拳頭很硬吧？比不上海峰和古漢就是了。」

「傻……傻瓜，你……你不想活了嗎？」

翔真忍耐著痛苦說道。

「只要讓我……撕了自己的卡片……你就可以活下去了啊。」

「我又沒有要你這麼做。」

東河冷冷地看著翔真說道。

「我有對你說過，再這樣下去我會死，既然你是我的好朋友，請你替我去死嗎？」

「不，我不是這個意思。」

「不是這個意思？」

「就算我能在這次的命令活下來，最後我還是難逃一死。」

聽到翔真的話，東河的濃眉皺了一下。

「這話是什麼意思？翔真。」

「我在第9道命令的時候，被理緒用榔頭重擊頭部，大概是腦出血了吧，因為後來我常感到劇烈的疼痛，而且會想吐。」

「喂，你說的是真的嗎？」

東河睜大眼睛說道。

「你不要緊吧？」

「應該很嚴重，所以我早就想把卡片撕了。對我而言，遲早都要死，不如撕了自己的卡片。」

「……遲早都是要死……是嗎？」

東河撿起翔真掉在地上的卡片。

「對，把它撕掉，你就可以得救了。沒什麼好猶豫的！」

「……不，我不要。」

東河把卡片收進翔真的褲袋裡。

「你看起來狀況還不錯，等國王遊戲結束後再去醫院治療，醫生會治好你的。」

「東河！」

「別吼了，我們韓國人的自尊心是很強的。」

「這跟自尊心無關。我不怕死，在第10道命令的時候早就有必死的覺悟了。」

翔真紅著眼睛，抬頭看著東河。

「拜託你，快撕了我的卡片。如果你辦不到，就把我的手鬆開，我自己來！」

「聽你這麼說，我更無法下手撕毀了。」

東河平靜地笑著說道。

「你果然是個好人。剛才你要撕掉卡片時，其實我心裡很高興。因為我交了一個肯為我犧牲生命的好朋友。就因為這樣，我更不能把你的卡片撕毀。」

「東河……」

「我要帶著尊嚴死去。就算有機會活下去，我還是不想背叛朋友。怎麼樣？很酷吧？到了天堂之後，我一定會很受歡迎的。」

「你真的不後悔嗎？」

東河點點頭。

「我認為這個選擇是正確的。只不過，吃不到日本美味的壽司和拉麵，心裡有點不甘心。」

「嗚……嗚嗚……」

淚水從翔真的臉頰滑落。

「為什麼……你要死呢?你明明……是個好人……」

「不管是好人或壞人,終會一死。雖然東亞這邊還算和平,可是世界上有很多地方都有戰爭。人類就是這麼愚昧,大家應該要……和平……相處……」

東河的話說到一半,手突然壓住左胸口。

「唔……時間……到了嗎?」

「東、東河!」

「翔真……你可不能死……」

東河龐大的身軀倒臥在地,發出一聲巨響。

「東河!東河!」

對於翔真的呼喚,東河已經沒有了反應。

此時,背後傳來若英的聲音。

「翔真,東河發生什麼事了?」

「若英!快幫我解開繩子!」

「翔真,為什麼你的手會被綁起來……」

「先解開再說!」

「嗯、好!」

若英很快地解開了翔真手上的繩子。
「東河！」
翔真抓著倒在地上的東河肩膀。
「你不要緊吧，東……」
翔真的聲音停了下來。
東河已經死了。他的雙眼緊閉，雖然嘴巴張開，卻已經沒有了呼吸。看到那對沒有血色的嘴唇微微彎起，翔真感到眼眶一陣濕熱。
「你在笑什麼呢？明知道自己會死不是嗎……」
翔真抓著東河肩膀的手不停地顫抖著。
「你不害怕嗎？不疼嗎？不痛苦嗎？」
對於翔真一連串的問話，東河毫無反應。
「我又再一次眼睜睜看著自己的朋友死去了……」
翔真背後傳來若英哭泣的聲音。她大概也明白東河死去的原因吧。
——我真是沒用，有24小時的時間，居然找不到一張朋友的卡片。就是因為我太沒用東河才會死。是我害死了他……。
「對不起……對不起，東河。」
突然間，手機傳來簡訊的鈴聲。
翔真的身體震了一下。他用顫抖的手拿出手機，查看液晶螢幕。

【8／14星期日00：00　寄件者：國王　主旨：國王遊戲　本文：這是紅島上所有人都必須參加的國王遊戲。國王的命令絕對要在時限內達成。※不允許中途棄權。※命令12：天海翔真要在自己護照上的備註欄寫下一個人的名字。如果寫的是國王的名字，國王就要受罰。如果不是，天海翔真就要受罰。　END】

「這個命令是……」

翔真把臉靠近手機，重複看了幾次簡訊的內容。

「國王究竟在打什麼主意？」

——還活著人的人，就只剩下我、若英、美佳和永明。為什麼還會收到這樣的命令？現在還有國王嫌疑的人，只剩永明了不是嗎？難道是若英或美佳嗎？

「不……也許不是我想的這樣。說不定，這是一道備用命令……」

——如果是備用命令，那麼，國王可能已經死了。可是，如果是這樣，國王怎麼會知道我還活著？透過奈米女王程式，或許可以知道誰還活著，但如果國王死了，就無法確認了。

「翔真……」

若英碰了一下翔真的手。

「這個命令很容易達成對吧？因為，國王就是永明啊！」

「……不。」

翔真凝視著若英的臉，從她的瞳孔可以看到夜空中的明月。

「若英……妳先回紅島館好嗎？」

「回紅島館？」

「是的。因為在這個命令中，永明應該不會傷害妳才對。」

「那你怎麼辦？」

「我隨後也會回去。但是我想先幫東河做個墓，靜下來好好想一想。」

「可是……」

「拜託妳，我想一個人靜一靜。」

「……好吧。」

若英的手離開了翔真。

「翔真……」

「什麼事？」

「……不、沒什麼事。」

若英轉身背對翔真走開了。

若英的身影消失後，翔真摀著頭，單膝跪在地上。

「唔……可惡！又來了……」

翔真緊咬著牙，強忍著頭部的強烈疼痛。不知道什麼時候，拿在手上的智慧型手機掉到了腳邊。

「我……我又……」

——不行。要是現在死了的話，就無法知道國王是誰了。我一定要執行這次的命令才行。
翔真弓起身體，和頭部的劇痛奮戰。
他回想起這段期間，和研修的伙伴們之間的談話。那些記憶像是被重新整理過，而且自動浮現。翔真懷疑自己的大腦是不是壞了。
『呃……我喜歡翔真，請當我的男朋友……』
『也許，國王打從一開始就有死的打算……』
『答應我，你會代替我照顧美佳。』
『嗯。我的命令內容是「高橋理緒要在12小時之內殺死一名男子」。』
『原來是紅心皇后……一開始就抽到女王，是個好兆頭呢。』
『我喜歡的男孩為我哭了……我當然高興。』
『念書和運動對我而言，是輕而易舉的事，唯獨……交朋友這件事，我實在不行。』
『老實說，在沒有發生國王遊戲之前，我還想著要跟翔真你交往呢。因為我知道你是善良的人。』
突然間，某人說的話彷彿刺一樣，穿過翔真的大腦。
「啊……」
翔真揮開前面那些雜亂的對白，口中喃喃唸著那個人說的話。
「我懂了……我真是個傻瓜……本來可以讓國王遊戲……提早結束的……」
幾分鐘後，大腦的疼痛消失，手也不再感到麻痺。

「好、好……既然這樣……」

翔真呼吸變得非常急促，然後伸手撫摸東河的臉頰。

「東河……你放心，我的命是你給的，我絕對不會辜負你這份恩情。」

翔真回到紅島館之後，就直接往餐廳走去。餐廳裡漆黑一片，裡面一個人也沒有。翔真穿過幾張餐桌，往更裡面走去。桌子之間的地上，散落著窗戶的玻璃碎片、空的保特瓶，還有幾個紙箱。

「我一定要讓國王遊戲結束……」

翔真口中喃喃自語著，來到垃圾堆的前面，單腳跪了下來。

【8月14日（星期四）凌晨4點13分】

第1會議室的門被打開時，若英就在裡面。她看到翔真出現，憂心地跑了過來。

「翔真，你怎麼了？」

「嗯？什麼怎麼了？」

「臉色好難看，而且流了好多汗。」

「喔，因為都沒有睡覺的關係吧。」

翔真隨手拉了一張椅子坐下來。若英也在他身旁坐下。

「這次的命令該怎麼辦？你必須把國王的名字寫在護照上才行呢。」

「……是啊。就算國王死了，我還是得寫出名字才行。」

「……沒錯，要是你活下來的話，就代表國王死了對吧。」

若英沮喪地說。

「可是，又有人要死了。」

「不過，這樣就可以結束了。」

「結束？」

「下一個命令不會再來了，因為我會殺死國王。」

翔真十指交叉放在長桌上面。

——對，我必須殺死國王。就算那個人是研習營的伙伴也一樣……。

「若英……我……」

此時，門突然開啟，永明和美佳走進第1會議室。

「永明、美佳……你們怎麼會來這裡？」

「因為我傳了訊息。我說，拿到自己的卡片而活下來的人，到第1會議室集合。」

翔真在受到驚嚇的若英肩膀上拍了一下，和永明對峙著。

「你終於來了，永明。」

「因為這次的命令，對我來說並沒有威脅。」

永明聳聳肩，走近翔真。

「我是為了救你才來的。」

「救我？」

「是啊。我知道誰是國王，只要我告訴你答案，你就不會受罰了。」

「……那你認為，誰是國王？」

聽到翔真的問題，永明的眼睛來回看著若英和美佳。

「首先，我不是國王。從命令的內容看來，你也不是。所以我懷疑是若英，當然，美佳也並非完全沒有嫌疑。」

「永明！你懷疑我是國王？」

美佳吃驚地抓住永明的襯衫。

「我是你女朋友，你怎麼可以懷疑我？」

「在目前這種的情況下，也怪不得我了。就算是我女朋友也一樣。」
「永明……」
「放心，我只是說有可能而已，不過我不認為妳和若英是國王。」
永明話一說完，視線隨即從美佳移到翔真身上。
「翔真，我們還活著的人之中並沒有國王。因為國王已經死了。」
「……你的意思是，這次是備用命令？」
「應該是。國王為了製造不在場證明，早就設定好幾個備用命令，再按照最新的狀況，例如誰還活著，誰已經死了等等，來改變命令的內容。這些備用命令，即使在國王死後，還是會自動傳送出來。」
「照你這麼說，你認為國王是誰？」
「應該是邦友。」
永明歪起嘴角說道。
「死於第9道命令中的竹諾、悠人雖然也有嫌疑，但是，如果之後都是備用命令，少了不合常理的命令，不是會讓人起疑嗎？所以我想，國王很可能不久前才死，也就是昨天剛死去的邦友。」
「你猜錯了。」
翔真直接否定了永明的推論。
「邦友一直積極地調查誰是國王，而且如果邦友是國王的話，手上應該會有寫了自己名字的卡片才對。」

「……說得也是。我記得，找到邦友卡片的人是美佳，可是美佳把卡片撕了，所以邦友才會死。如果邦友是國王，應該不會發生這種情況……對吧？」

「是的。所以，沒找到卡片而死的東河也不是國王。」

「你認為國王是我們這些有找到卡片的人對吧？」

「沒錯！」

此話一出，第1會議室內瞬間變得鴉雀無聲。

接著，翔真又從口袋裡拿出護照和原子筆。

「我想對國王說，要不要在我寫下國王的名字之前，自己先出面承認？」

永明、美佳、若英無言地看著彼此。

「現在還來得及。我希望國王現在能出面承認，然後解除命令。只有這樣，才不會再有人死去。」

「……看樣子，國王並不想出面承認。」

永明歪著頭，笑著說。

「我就說吧，國王已經死了。竹諾、悠人其中之一可能是國王，只是這次自動傳送的備用命令恰巧合乎現狀罷了。」

「不！國王就在這裡！」

「為什麼你能這樣斷言？」

「嗯。因為我知道國王是誰。」

「……喔？你知道？你是怎麼知道的？國王是利用預藏的手機操縱灌有奈米女王程式的電腦，設定傳送命令的時間，所以他可以製造充分的不在場證明喔！」

「不在場證明不是判斷的重點，而是國王露出許多的破綻。」

「破綻？」

永明蒼白的雙頰微微地抽動著。

「我不認為國王會露出破綻，如果他露出破綻的話，早就被發現了。」

「……如果是在一般的情況下，確實早就能找出國王。問題是，國王遊戲的不尋常狀態，擾亂了我們的思考能力。」

翔真拿著護照的手微微地顫抖著。

「我也是今天才知道國王的身分。是邦友留在手機裡面的記錄和我的記憶，告訴我國王是誰的。」

「告訴你國王是誰……？那你說，國王是誰？」

「……」

「怎麼了？既然知道答案，直接把名字寫在護照上不就得了？」

「國王是……」

翔真緊閉嘴唇，直盯著永明。

「國王就是你，永明。」

聽到翔真的話，若英和美佳同時摀住了嘴，視線也集中在永明身上。

永明的臉像能劇的面具一樣毫無表情。單薄的雙唇緊閉著，嘴角向兩邊揚起。

「喔……我懂了。」

永明笑著說。

「翔真，你真的很聰明。你是不是也打算用同樣的手法，對付美佳和若英？你以為這樣，就可以在寫名字之前，確定國王的身分嗎？」

「你錯了，我並不打算這麼做，因為我確定你就是國王。」

「……哈、哈哈！要是你判斷錯誤，即使是在這種生死關頭上，還是會惹人發笑喔！反正我不是國王，你在護照上面寫我的名字，我非但不會死，還會害了你自己。一旦寫錯國王的名字，死的人可是你呢。」

「我不會猜錯的！絕對不會有問題！」

「……哼，你越是這麼肯定，我就越是好奇。為什麼你會一口咬定我就是國王？是第六感告訴你的嗎？」

「是你露出太多的破綻。」

翔真冷靜地說。

「翔真！你在說什麼？」

美佳挑起眉頭，瞪著翔真。

「永明不可能是國王！他是我的男朋友！」

「……永明才不是妳男朋友。」

「嗄？你這話是什麼意思，我不懂！」

美佳想抓住翔真，結果被永明制止了。

「冷靜下來，美佳。先聽聽翔真的說法吧，這樣他就會知道我不國王。」

永明摸著美佳的頭，眼睛看著翔真說道。

「翔真，我並不是國王。為了救你一命，我很樂意糾正你的失誤喔。」

「……不必麻煩了。」

翔真低聲地說。

「永明……第1道命令的時候，你人在哪裡？」

「第1道命令？喔……就是3人一組的那個命令嗎？我記得當時是跟秋雄、美佳一起行動。當時秋雄還說，要向大家介紹凱爾德病毒的常識。」

「也就是說，你很快就組成3人一組對吧？」

「那是巧合。當時紅島館裡有幾十個人在，組成3人一組並不困難。」

「可是，還是有因為情況不允許，無法順利組隊而死的可能性吧？」

對於翔真的質問，永明嘆了口氣說道：

「既然你要這麼說，那第2道命令又該怎麼解釋？國王要我們吞下毒膠囊，可是我並沒有吞啊。如果我是國王，早就知道哪些顏色有毒，沒必要避開吧。」

「當然有必要。你故意讓人知道你沒有吃膠囊，利用這種方式洗刷嫌疑。古漢就是因為這個原因，把你從國王嫌疑者的名單中剔除的。」
「那是你一廂情願的臆測吧？我本來就不想吞膠囊，所以才會假裝吞下去。」
「那第4道命令呢？當時我們必須達成紙條上的其中六項命令才算過關，可是跟你有關的命令卻非常簡單。我記得是『林永明要從女性的倖存者之中選出一人。被選出的人將要受罰』對吧？」
「嗯，我記得。所以我才會用抽籤的方式決定。可是收到簡單的命令又不只有我一個，志玲的命令可是和男生接吻呢。」
「是啊。可是志玲在第9道命令中就被理緒殺死了。如果國王是志玲，應該不會和可能殺掉自己的理緒、古漢和悠人距離那麼近才對。」
翔真語氣平淡地繼續說下去。
「還有，第7道命令也有疑點。」
「第7道命令？就是個別命令那個吧？我的命令是『林永明要拍攝10具屍體的照片』，看起來簡單，可是我的內心其實很掙扎。拍攝屍體的照片，真的很噁心。」
「那是一般人的想法。可是國王是連續殺人魔，應該很喜歡拍攝死人的照片才對。換句話說，那個命令對國王來說並不噁心，反而會讓他感到興奮。」
「令國王感到興奮的命令……是嗎？」
永明嘆了口氣。
「的確，也許對國王而言是那樣沒錯，不過我可不是國王喔。」

「那麼我再問你。關於昨天尋找寫有自己姓名卡片的命令，究竟是誰找到你的卡片？」

「……是我自己啊。我找到了2張，就在北方的民宅內。另外，我還找到一張美佳的。」

「原來如此。也就是說，在倖存者之中，自己找到2張寫有自己名字卡片的人，就只有你一個對吧？要是你的卡片被我們找到的話，很有可能會被撕掉呢。」

「那只是運氣好罷了。」

「運氣是嗎……」

翔真搖搖頭，打開蒼白的嘴唇說道：

「也許只是運氣好吧，但是你的運氣未免也好得過頭了。第1道命令中，馬上就達成3人一組的目標。第4道寫在紙條上的命令，也只要挑選受罰的女生就行，自己完全不需要冒什麼風險。在第9道命令中，我們都有個別限制，你的限制卻只要在午夜2點前躲在山裡就行？這樣的限制實在是太簡單了，而且……」

「而且什麼？」

「當時你犯了一個失誤。一個關鍵性的失誤。」

「關鍵性的失誤？」

「沒錯。你還記得我把美佳交給你照顧的那個時候嗎？」

「……我記得是在海邊的一處民宅跟你和美佳見面的。」

「是的。那個時候，為什麼你會和我見面呢？」

「嗄？我們約好在那裡見面的啊？」

永明的太陽穴微微地抽動。

「還說要是美佳不和我會合，就會受到處罰。」

「我的確是這麼說過。在第9道命令的時候，美佳的個別限制是『1小時以內要和林永明會合，之後必須兩人單獨一起行動』。也就是說，當時美佳要是不和你會合就會死。」

「所以說，我才會答應你的請求，同意幫助美佳啊。」

「行動本身沒有問題，問題出在你對我說的話。」

「我說的話？」

「那個時候，你說為了躲避古漢的追殺，要我當誘餌，還說是為了幫助美佳。」

「當時你也同意啊！我保護美佳、你當誘餌，這是你情我願的交易吧。」

「……是的。當時你對我說『這點小忙，你應該沒問題吧。要是我被發現而被殺死的話，跟我在一起的美佳也活不了吧？因為美佳的條件限制是，必須和我兩人單獨一起行動才行』。」

「是啊，哪裡有問題嗎？」

「我在電話中只告訴你，不和你會合美佳就會受罰。我可沒有說你們兩個必須單獨一起行動吧。」

翔真用銳利的眼神盯著永明。

「既然我沒說，你又怎麼知道美佳必須和你單獨一起行動呢？」

「……那、那是你自己告訴我的啊。」

「不，我沒說。我記得很清楚，因為跟你通話的時候時間很緊急，所以並沒有告訴你詳細的個別限制。」

「……」

「知道美佳個別限制的，就只有看過美佳手機的我、若英、邦友，還有東河，除此之外就是國王了。」

第1會議室裡一片沉默。

若英和美佳像銅像一樣動也不動，楞楞地看著永明。

幾分鐘的時間過去，現場沒有人發出聲音。

「……原來如此。」

首先出聲的是永明。他撥了撥額前的瀏海，張開泛白的嘴唇說道：

「的確，那是我的失誤……」

「你承認你是國王了嗎？」

「……是的，我是國王。」

聽到永明的話，美佳發出了尖叫。

「不，這是騙人的吧，你怎麼可能是國王！你是我的男朋友啊……」

「不，我不是妳的男朋友，妳的男朋友是秋雄。」

「秋雄……？」

「他已經死了，是為了讓妳活下去才跳崖的。」

「跳崖……啊……」

美佳摀著頭，蹲在地上。附近的若英趕緊跑向美佳。

「妳不要緊吧？美佳。」

「啊……啊……」

美佳摀著頭抵著地面，全身不停地顫抖，彷彿不知道若英就在她身邊。

「美佳！美佳！」

「你們兩個可不可以安靜點。」

永明這麼說完，眼睛隨即朝翔真看去。

「翔真，你的推理很精彩。沒想到在這次的研習營中，居然出現一位高中生神探呢。」

「一點也不精彩，這件事我早該發現的。」

翔真咬著牙說道。

「為什麼？為什麼要進行國王遊戲？」

「因為我是享受殺人快感的連續殺人魔。」

「享受殺人快感？」

「這也沒什麼好大驚小怪的，古漢不也是這麼推想的嗎？」

永明的右臉頰動了一下，臉上的笑容看起來極不自然。

「我在小學的時候發現自己有這方面的癖好。當時，我在住家附近的公園發現一隻母貓生了四隻小貓。小貓好可愛，我每天都會去餵牠們。有一天，其中一隻小貓用力咬了我的手，我一時衝動，就把小貓抓起來往地上摔。小貓抽搐了一會兒就不動了。看到那一幕，我心裡興奮得不得了。」
永明的眼睛瞇成一條線，大概是想起童年的回憶了吧。
「之後，我用各種不同的手段虐殺剩下的小貓。用刀子斷頭、餵毒，甚至用火燒。」
「……你這個變態。」
「變態？殺死小動物叫變態？可是我們每天都在吃被殺死的牛、豬、雞不是嗎？」
「那是為了生存，逼不得已的！」
翔真的音量越來越大。
「為了食用而殺生，和為了樂趣而殺生，兩者完全不同。」
「誰說不同。人類不吃肉或魚也可以活下去。在現在這個時代，很多必要的營養素都可以從其他的食物取得，為什麼還要殺那些家畜，吃牠們的肉？還不是為了享受吃的快感嗎？」
「那是……」
「你看，無話可說了吧。你們也是為了貪圖吃的快感而殺死動物，既然這樣，我也可以為了享受殺人的快感而殺生啊！」
「就算你說的有道理，也不能以殺人為樂。你殺了人……而且殺的是老師，還有研習營的伙伴。」
「我也沒辦法。因為殺貓殺狗已經滿足不了我了。」
永明吐吐舌頭說。
「我一直在思考，有什麼方法可以殺死大量的人。剛好，我對凱爾德病毒很有興趣。只要能夠操控凱爾德病毒和奈米女王程式，就可以隨心所欲殺死數十個、數百個，甚至是數十萬個人都不成問題。」

「你是從佐緒里老師那裡弄到的嗎？」

「嗯。佐緒里老師是從一個叫再生的宗教團體信徒那裡弄到的。我入侵了那個信徒的電腦，竊取他們兩人的書信往來，所以才決定要參加這次的研習營。我還知道佐緒里老師在研習期間和法國的恐怖組織有接觸，所以就把她殺了。」

永明的眼睛閃爍著異樣的光芒，大概是想到殺死佐緒里老師的過程吧。

「你能了解當我拿到灌了奈米女王程式的筆電和凱爾德病毒時的心情嗎？那一刻，我知道自己終於可以執行由我主導的死亡遊戲了。」

「即使自己會感染凱爾德病毒也在所不惜嗎？」

「當然。因為就算沒有感染凱爾德病毒我也會死。」

「……什麼意思？」

「我打從出生心臟就不好，醫生說我無法活到成年。」

永明用右手摸著自己的左胸說道。

「所以，就算我感染了凱爾德病毒也沒差。你知道我的意思吧？」

「打從一開始，你就想死對吧？」

「是的。所以，你的推理根本沒有意思，不管你有沒有寫我的名字，我遲早都會死。就因為這樣，我才會出這道命令。」

「你不怕死嗎？」

「當然不怕。死是一種痛快。不管是別人死，還是自己死都一樣。既然都會死，那麼我想死於國王遊戲的懲罰。」

永明的臉靠近翔真，露出詭異的笑容。

「老實說，我早就料到你會寫我的名字，因為目前的倖存者之中，除了我以外，就只有美佳和若英。而你並不會懷疑女生。」

「……那麼，你不在乎我在護照上面寫下你的名字嗎？」

翔真用低沉的聲音問道。

「要是我寫了你的名字，你就會受到國王遊戲的懲罰而死了。」

「那我可是求之不得啊。」

「求之不得？」

「沒錯，怕死的話就不會進行國王遊戲了不是嗎？雖然我在發出命令的時候，會盡量安排對自己有利的條件，但是也有可能會在中途死亡。例如，被大人殺死、或是被古漢殺死。即使如此……不、應該說，正因為這樣，我才會開始玩國王遊戲。我可是很樂於與死亡為伍呢。」

永明大大地張開雙手說道。

「來吧，翔真，在你的護照上面寫下我的名字。這樣，我的國王遊戲就可以結束了，我的名字也會永遠在世上流傳，人們會說我是殺人魔高中生。」

「……好，那我也決定了。我決定殺了你。」

聽到翔真這麼說，永明卻是一派輕鬆。是對於自己的死感到興奮嗎？

翔真很快地閉上眼睛，拿著原子筆和護照的左手微微顫抖著。

「都到這時候了，你該不會退縮了吧？」

「……這是殺人，我當然會猶豫。」

「怎麼現在還說這種話？如果你想活下去就得殺人啊。不管是直接或間接都一樣。」

「是啊。我為了自己活下去，犧牲了研習營的伙伴，親手殺死了海峰和古漢。還有……」

「還有？還有什麼？」

「現在必須殺了你。這是為了那些無辜被捲入國王遊戲而死的伙伴。」

話一說完，翔真隨即抽出夾藏在腰帶上的小刀，朝永明的胸部刺入。

「咦……？」

永明楞楞地看著插在自己胸口的刀子。

「翔真……你……」

「你想要死於國王遊戲的懲罰吧？我偏要用別種方式殺你。讓你死得太爽快，那些被你殺死的伙伴會抗議的。」

「……哈……哈哈……我不是很喜歡……這種死法呢。」

永明的身體往後仰，隨即倒了下去。

現場的若英和美佳都睜大眼睛看著這一幕。

翔真動著嘴唇，走近永明。

「永明，我最後問你一次，對於被捲入國王遊戲而死的伙伴，你想要向他們懺悔嗎？」

「……沒……沒必要懺悔……我還想感謝他們……他們都死得很精彩。雖然我本來還想殺更多人……」

「你這樣的人，真是可悲……」

「我也覺得不甘心……原本打算在國王遊戲的懲罰中，死得精彩一點……真是遺憾……」

永明說到一半，就沒有了聲音。他身上的藍色T恤被染成了紅色，腳下的地面積了一灘血。

翔真咬著牙，低頭看著被自己殺死的永明。

「翔真！」

若英搖晃著兩束馬尾，朝翔真跑了過來。

「你沒事吧？臉色很蒼白呢。」

「嗯，沒事，我沒什麼……」

「永明果然是國王。」

「我應該早點發現的，之前有好幾次機會，可是就因為一時疏忽，害死了那麼多伙伴。一切是都為了滿足永明殺人的嗜好……」

「……國王遊戲終於結束了。」

「……不，還沒有結束。」

「咦……？」

若英睜大眼睛，抬頭看著翔真。

「怎、怎麼會？國王永明不是死了嗎？」
「嗯，可是國王遊戲還沒結束。」
「……」
「若英，妳還記得第8道命令嗎？」
「第8道命令？我記得是……國王要給1個人懲罰對吧？」
「沒錯。被國王指名要受罰的那個人，如果名字被寫了2張以上，國王就要接受懲罰。當時，沒有被寫名字的龍義死了。問題是，為什麼國王發出這樣的命令？」
「難道……不是國王在向我們挑戰？」
「我本來也是這麼想。不過，也許是另有原因。」
翔真看著死去的永明說：
「永明會發出這樣的命令，是為了讓我們以為，國王只有一個。」
「咦？這是什麼意思？」
「國王不只一個。」
翔真的視線移回若英身上，對她說道：
「在第8道命令中死去的只有龍義一個。從結果來看，是國王指名要龍義接受懲罰。可是，也有可能2個國王同時懲罰龍義。因為兩人早就串通好，要同時給予懲罰。」
「同時給予懲罰……」
「龍義的死亡時間是下午1點整。我想，2個國王已經說好，要在那個時間懲罰龍義。有了那道命令，國王有兩個的可能性才會消失。」
「那麼，國王是永明，以及死去的其中一人嗎？」
「不……」
翔真看著若英說道。
「若英……妳以為，為什麼妳能活到現在？」
「咦？那、那是託你們的福啊！因為你們一直在守護我。」
「……話是沒錯，不過這只是原因之一，另外還有其他原因。」
「其他原因？」
「因為妳活著對國王有利，也就是國王可以拿到不在場證明。對吧？美佳。」
翔真轉而對著不發一語的美佳提出質問。美佳露出不解的表情，似乎不了解翔真的意思。
「咦……？你在說什麼？」
「美佳……我說妳是另一位國王。」
聽到這番話，美佳的臉變得僵硬起來。
「我是……國王？」
「不要再演戲了，美佳。」
「演戲？我……」
「我非常確信，妳就是另一個國王。」
翔真斬釘截鐵地說。

「翔、翔真……」

一旁的若英抓住翔真的T恤說：

「你是胡說的吧，美佳怎麼可能是國王。」

「不，是真的。妳是為了讓美佳有不在場證明才能活到現在的。」

「不在場證明？」

「是的。因為妳跟美佳在一起的時間最長。而美佳的精神狀態不穩，根本是裝出來的。所以只要妳活著，就會向警方提供美佳的不在場證明，說美佳不是國王。這就是……永明和美佳的計畫。」

翔真重新看著美佳。

「妳和永明利用第8道命令，讓大家以為國王只有一個。妳還安排和若英兩個人一起行動，而且讓她活到現在，這樣妳就有不在場證明了。我想，竊取凱爾病毒和奈米女王程式的行動，應該是永明獨自一個人做的。目的是要讓全世界的人不會對妳產生懷疑，認為國王遊戲是永明一人所為。」

「簡直是胡說八道！」

美佳握緊拳頭說道。

「我是國王？翔真，你怎麼了？腦筋不正常了嗎？照你這麼說，我不就等於殺死自己的男朋友秋雄嗎？」

「妳的男朋友是秋雄？在此之前，妳不是一直說，永明才是妳的男朋友嗎？」

「……我、我剛才想起來了。而且永明也說，我不是他女朋友。」
「剛才想起來了……？」
翔真長長地嘆了一口氣，搖頭說道。
「妳會選秋雄當妳的男朋友，其實是想把他當成自己的保命符吧？在第6道命令的時候，秋雄要是不殺人，妳就會受罰而死。可是妳心裡非常確定，秋雄不可能殺妳，所以他不是殺別人，就是自殺。之後，妳假裝自己精神受到打擊而失常，順利地讓自己排除在國王嫌疑者的名單之外。」
「可、可是你忘了嗎？當初你掉進井裡的時候，要不是我發現你，你早就死了。如果我是國王，根本沒有必要救你。」
「不，當然有必要。因為我是秋雄的好友，所以我一定會保護秋雄的女朋友。妳還記得第5道命令的內容是大人必須殺死未成年的學生吧？妳之所以救我，應該是不希望男生的數量變少，因為男生會保護妳免於大人的毒手。」
「那麼，第7道的個別命令呢？我的命令是『小松崎美佳要去摸死人的身體，而且必須是今天之內死去之人的屍體』，這個命令比其他人的命令危險多了。你只要和女生接吻、若英只要抓這島上到處都有的蝴蝶就行了。如果國王有2個人以上的話，我倒認為，翔真和若英嫌疑才更重大呢。」
「這個命令我本來也感到不解。不過我仔細想了想，妳的命令絕對可以達成。」
「嗄？絕對可以達成？這話說得太滿了吧？」

美佳揚起細長的眉毛說道。
「摸死者是件簡單的事，問題是『今天死去的人』，當天也有可能沒有人死啊！」
「的確，如果只看美佳的個別命令，的確是難以達成。但是如果配合其他人的命令，那麼，妳的命令很容易就能達成。理緒的個別命令是要在12個小時之內殺死一名男生。換句話說，12個小時之內一定會有人死去。愛理的命令則是『神內愛理要在20個小時之內挑選一個人，和他玩遊戲。遊戲內容由玩家自行決定。輸的人要接受懲罰』，所以20個小時之內，也必定會有人死去。而且之後，我還帶著演技一流的妳去摸死人的屍體。」
「……我又不知道她們的個別命令。」
「妳也只能這麼說了。不過，理緒和愛理的命令太不自然了。因為這類的命令沒必要限制時間，為什麼規定必須在12個小時或是20個小時之內達成？從這個角度去想，就可以慢慢看出國王的意圖了。也就是那天必須有人提早死去，否則會讓國王陷入險境。我在想，誰會因此而陷入險境呢？於是，就聯想到妳了。」
翔真哀傷地看著美佳說道。
「雖然妳的個別命令難度高，但是妳想擺脫國王嫌疑的意圖卻失敗了。」
「……只因為這樣，你就懷疑我是國王？」
「當然不只這樣。還有妳假借被洗腦的理由，讓自己可以和永明一起行動。此外，我有證據可以證明，妳和永明之間有勾結。」
「證據？不可能有那種東西。」

「證據就在這裡。」

話一說完，翔真隨即從口袋裡拿出十幾張紙條。

「這些是我在餐廳的紙箱裡找到的，是永明決定哪個女生要受罰時所使用的籤紙。那次被處死的人是芮琴，照理說，紙箱裡應該還剩下寫有其他14名女生名字的紙條。但是我發現其中少了一個女生的名字，那就是妳，美佳。」

「……」

「永明最後承認自己是國王，然而為什麼他沒有把妳的名字寫在紙條上？那是因為，永明不想讓同樣是國王的妳受到懲罰。」

「……」

「那道命令的目的，就是要讓人排除國王是女生的可能性。永明早就打算扛起一切的罪而死，所以他不在乎自己國王的身分被識破。」

「……啊、原來你是因為這個理由，才會一口咬定我是國王啊。」

美佳的表情突然一亮，繼續說道：

「那你誤會我囉。」

「誤會？」

「嗯。因為，那張寫有我名字的紙條，就在我手上。」

「……為什麼妳手上會有那張紙條？」

「因為上面寫的是我的名字，而且是永明親手寫的。我一直以為永明是我的男朋友，所以想把紙條留下來當作紀念。」

「那麼，那張紙條現在在哪裡？」

「我就帶在身上啊。」

美佳把手伸進手機包裡。

「對不起，翔真。都怪我的舉止太詭異，才會讓你對我產生誤會……」

突然間，第1會議室內發出一聲巨響，翔真手上的護照和原子筆掉落到地上。護照上面還有沾有血跡。

翔真用左手摀住傷口，瞪著美佳。美佳的手裡正握著一把小手槍。

「真是的，怎麼會被你發現呢？」

美佳一面說，一面扣下手槍的扳機。砰的一聲，另一發子彈射進了翔真的腹部。

「啊……」

翔真按住腹部，雙腳跪在地上。手心沾滿了溫熱的鮮血。

「我說你啊，真是笨得可以了。」

美佳撿起掉在地上的護照，放進自己的手機包裡。

「本來，只要讓永明當唯一的國王，你就可以活下去了。」

「妳居然有帶槍……」

翔真一邊痛苦地歪著臉，一邊瞪著美佳。

「這是我在佐緒里老師的行李中找到的，因為她原本預定要和恐怖組織接觸，所以才會攜帶防身武器吧。」

「殺死佐緒里老師的人……是妳吧？」

「不，是永明殺的。打從一開始，永明就打算要扛起一切的罪。我只是在永明被監視的時候，發出幾道命令而已。」

美佳看了死去的永明一眼。

「永明表現得很好，可惜手段不夠狠，才會露出馬腳，被識破身分，這也怪不得別人。不過，抽籤那件事是我的疏忽。我只叫他不要選到我，卻忘了問清楚他要用什麼方法。所以我也有錯。」

「翔真！」

若英跑向翔真。看到從他身上流出的鮮血，嚇得臉色發白。

「等等，妳最好別亂動喔，若英。」

美佳的槍口指向了若英。

「住手！美佳！」

翔真大聲制止。

「不准妳傷害若英……妳已經輸了。」

「輸了？我是最後的贏家，這點是不會改變的。」

美佳的嘴角往兩邊揚起。

「雖然計畫被打亂了，不過，翔真、若英，你們就活到這裡為止吧。如果永明還活著，也會這麼做的。」

「妳又打算殺人了……是嗎？」

「不要怨我，誰叫你們要揭發真相呢！我本來也不想殺你們啊。因為只有我一個人活下來，一定會被懷疑。不過既然都變成這樣了，那也只好玩到最後一刻囉。」

「玩……？」

「嗯，因為我和永明一樣。」

美佳眼裡的光芒消失了。那對黑色的瞳孔，看起來就像光線抵達不了的無底深淵，而且正在瞪著翔真。這讓翔真感到渾身戰慄不已。

美佳的眼睛眨也不眨，只有單薄的嘴唇蠕動著。

「我和永明是在一個殺人網站上認識的。不過會員之中，真正想殺人的其實很少。大家都只是貼貼屍體的照片，或是上傳自己寫的死亡小說而已。」

「可是，妳和永明……是真的想殺人對吧？」

「嗯。永明對於發生在日本的國王遊戲非常感興趣。我告訴他很多相關的情報，例如，擁有凱爾德病毒和奈米女王程式的宗教團體再生信徒的資料等等。」

「妳是從哪裡得到這些資料的……」

「我母親就是再生的信徒啊。她在北海道事件爆發之後就自殺了，不過她的女兒，也就是我，和其他的再生信徒依舊繼續保持聯繫。」

「原來如此……所以主導國王遊戲計畫的人……其實是妳吧？」

「沒錯。是我叫永明在第2道命令的時候，不要吞下那些膠囊的。命令的內容也都是由我決定的。」

「唔……」

翔真的身體失去平衡，倒臥在地上。

看到這一幕的美佳笑了出來。

「真是遺憾啊。你早知道我是另一個國王，就應該在殺了永明之後，立刻在護照上面寫下我的名字才對，這樣你就不會死了。不過現在說這些也無濟於事了。」

美佳看了一眼放有翔真護照的手機包。

「還有，都是因為你，現在若英也不得不死了。」

「住……住手！」

「怎麼可能住手？若英都知道我的身分了。翔真，現在的你已經動彈不得了，還是乖乖地在一旁，好好欣賞若英的死亡過程吧。」

「啊……」

若英顫抖的雙腳往後退了幾步。看到若英驚嚇的模樣，美佳舔了舔微笑形狀的嘴唇。

「直接殺人的感覺果然不賴。雖然這次都是利用凱爾德病毒和奈米女王。」

「這次……？難道，妳以前也殺過人？」

「當然囉。日本發生國王遊戲之後，全國陷入了混亂，我在那時候殺了8個人呢。不過我和永明不一樣，不想被抓去關，所以都是偷偷摸摸地殺人。」

「不可能的……」

若英沙啞地說。

「這一切都是騙人的吧……美佳怎麼可能是國王……」

「接受事實吧。殺死妳室友允娜的人，就是我。」

「允娜？……她不是因為害怕，試著和外界聯絡才死的嗎？」

「是我慫恿她那麼做的。允娜自從被捲入國王遊戲之後一直很害怕，於是我對她說，要是她父親知道島上發生的事，一定會來救她。傻允娜還真的想打手機給她父親呢，不過那樣就違反國王遊戲的規則了。啊、對了，廚師英傑也是我殺的。」

「英傑先生……？」

「是啊。英傑先生自己一個人行動，他躲在一間小屋裡被我發現，結果就……妳知道的，不過幫他放血的人是永明。總之，一口氣把大家殺光，遊戲就不好玩了，所以我們利用尋找國王的紙條這道命令，留下了一些人。」

美佳把槍口對準若英的臉。

「這把槍的殺傷力不強，不過只要瞄準要害，還是可以殺死人的。我是不喜歡用這種方式殺人啦。」

「啊……」

「再見，若英。妳要恨的話，就恨翔……」

突然間，美佳手上的槍掉到了地上。

「咦？怎麼會……」

美佳一直盯著原本持槍的右手，只見手指一根一根地脫落。

「是國王遊戲的懲罰。」

聽到背後傳來的聲音，美佳轉過頭看去。說話的人正是趴在地上的翔真，他的手上還拿著護照和原子筆。

看到翻開的護照上面寫著自己的名字，美佳的眼睛睜開到了極限。

「為什麼？護照不是被我撿……」

「妳撿去的那本是雪菜的護照。」

翔真歪著臉，撐起上半身。

「死去之人的護照……都集中放在餐廳裡，我從裡面拿了雪菜的護照以備不時之需。因為我早就猜到，你們可能會搶我的護照。」

「那麼……」

「現在我手上拿的，才是我的護照。」

「啊！」

發出一聲尖叫後，美佳的左手臂從肩膀掉落到地上。

「啊……啊啊啊……」

美佳勉強撐起上半身，往門的方向爬去。右腳從大腿的部分像是洋娃娃的腳一般脫落，沒多久，美佳就倒地不起，紅黑色的血液也在地上擴散開來。

「翔真……救我……在女子更衣室天花板的管線間……有我藏起來的筆電……只要輸入密碼『眾神的武器』，就可以解除命令……」

「已經……太遲了。」

翔真看著地上的大量鮮血，搖搖頭說道：

「永明本來打算讓自己死得精彩些，所以才會設計這樣的懲罰，讓身體四分五裂吧……」

「啊……」

美佳的臉因為痛苦而糾結在一起。

「怎麼可能……我應該不會死啊……為什麼會這樣……」

「看來，妳和永明不一樣……似乎不想死呢。」

翔真的手不停地顫抖著。

「既然這樣，為什麼要進行國王遊戲！妳和永明害死了那麼多條人命，他們也不想死啊！」

「救……救我……」

「就算我想……也救不了妳。國王的命令是無法違抗的。」

「不……我不信……我居然……會死於這種方式……啊唔……」

美佳的頭以不自然的角度扭曲，如同撥開起司般從脖子脫落。沒有頭的身體繼續抽搐著，但是很快就停止了動作。

「終於……結束了嗎……」

話一說完，翔真的頭再也無力支撐，而緊貼著地板。

「翔真！」

若英朝翔真跑了過去。看到翔真T恤上面染了大片血跡，嚇得幾乎快要哭出來。

「好可怕……流了這麼多血……」

「我本來想說……我沒事……不過我好像不行了。」

翔真露出蒼白的笑容說道。

「我的腹部中了槍……大概只能撐個10分鐘吧……」

「10分鐘……」

「別傷心了……就算我沒中彈，一樣會死的。」

「你、你在說什麼？」

「我的頭……被理緒重擊……所以我想，應該是腦出血……」

「腦出血……」

「我的頭很痛……四肢感覺麻麻的……所以，和美佳開槍射中我無關……」

「怎麼會……」

若英放在翔真胸口上的手不停地顫抖。

「國王遊戲已經結束了吧？為什麼翔真還會死？你不會死的！」

「是啊……經過一番競爭……最後活下來的人只有若英妳了。妳能活下來，真是太好了。」

「一點也不好！只剩我一個人有什麼好……」

淚水不停地從若英的眼眶滑落。

「太過分了，我還有話要對翔真說啊！」

「有話要對我說……？」

「我喜歡你！」

聽到若英的告白，原本快闔上眼的翔真，又睜開了眼睛。

「妳……喜歡我？」

「是啊。你都沒有發現嗎？」

「……嗯，在這種情況下，我實在沒有心情去注意那種事。」

翔真微笑著。

「……原來妳喜歡我啊。因為被捲入了國王遊戲，我心裡只想著一些不好的事。不過……能被女生喜歡……我很開心。妳、美麗、雪菜都很好……是我配不上妳們。妳們大概是因為身陷險境，缺乏安全感，才會向我告白吧……」

「才不是！我喜歡翔真的溫柔體貼、強烈的正義感。還有，你很重視朋友。我想，美麗和雪菜的想法一定也跟我一樣。」

「哈、哈哈……我好高興。」

「可是，你應該不會選擇我吧？」

「……」

「美麗和雪菜太狡猾了。」

若英一面哭，一面抓著翔真的T恤。

「她們兩個都在天堂，我根本贏不了。」

「……那可不一定。」

「不一定？」

「我會和她們一起在天堂等妳，不過……」

「不過什麼？」

「妳現在還年輕，等年紀大一點再來天堂……我想大概是80年後吧。」

「那麼久？那我不是變成老太婆了？」

「妳放心……我不討厭年紀比我大的女孩子……」

說到這裡，翔真笑了。

「老實說，不只是你們……我也想和其他人成為好朋友。海峰那傢伙……也是個好人。雖然我和古漢決鬥，可是如果沒有被捲入國王遊戲，我們應該會成為好朋友吧。海音……理緒也一樣……大家都不是壞人。可是不知道為什麼……最後會變成這樣。」

「翔真……」

「我……很高興。能夠和台灣、韓國的高中生成為朋友……」

「嗯！我也是。」

「我們好傻……與其彼此競爭……不如和睦相處……這樣才能找到幸福啊……」

翔真的聲音越來越微弱，漸漸地，嘴巴停止了動作。

「翔……翔真？」

若英搖搖翔真的肩膀，可是翔真不再有反應。察覺到翔真看著天花板的眼睛失去光彩之後，若英的心劇烈地跳動著。

「翔真？」

「……」

「翔真！翔真！」

「……」

「翔真……」

若英不想承認翔真已經死去，但是一動也不動的身體，讓她不得不接受這個事實。

「嗚……嗚嗚……」

若英趴在翔真的身上，淚水不停地滑落下來。

【8月14日（星期四）下午3點45分】

一打開第1會議室的門，就看到裹著白布的翔真躺在那裡。

若英慢慢走近翔真，把手上的一束白色鮮花放在他的胸前。鮮花散發著淡淡的甘甜香氣。

「翔真……我回來了。山裡開了不少素馨花，所以我摘了一些回來給你。很漂亮吧？」

若英撫摸著翔真的臉頰。

「對了，美佳說的是真的。女子更衣室的天花板上面，果然藏了灌有奈米女王程式的筆電，而且密碼就是『眾神的武器』。現在，禁止跟外界聯絡的規定已經解除了。」

若英嘆了口氣說道。

「剛才我通知警方，一開始他們還不相信，我也不知道該如何解釋。不過好像聽說，有幾個參加研習營的成員家長向警方報案，說自己的孩子失聯了好幾天，請求警方幫忙調查。對了……翔真，你的手機響個不停呢。」

若英嘟著嘴說道。

「接下來應該會很忙吧，因為只剩下我一個倖存者，而大家一定都想知道這座島上發生了什麼事。」

回想起這段日子以來發生的悲劇，若英還是忍不住微微地顫抖。好不容易停止顫抖後，才又繼續說道。

「我想，短時間之內，我也無法離開這座島，因為我感染了凱爾德病毒。警察那邊也要花一些時間才調得到船隻。不過我倒是有點開心，因為……」

若英撫摸著翔真的頭說道：

「這樣我就可以和翔真兩個人多相處一些時間了。美麗和雪菜在天堂一定很嫉妒。但是，就讓我佔一點便宜吧。」

說完，若英帶著微笑在翔真身旁躺了下來。

「趁現在先睡一會兒吧。這段時間都沒能好好睡個覺呢……」

靠著被白布裹著的翔真屍體，若英慢慢地閉上了眼睛。睡魔很快就朝著她襲來了。

「晚安……翔真。」

雖然心愛的人沒有回答，不過若英還是懷抱著小小的幸福睡著了。

逆思流

國王遊戲〈深淵8・08〉

（原名：王様ゲーム 深淵8・08）

作者／金澤伸明
譯者／許嘉祥
發行人／黃鎮隆
總編輯／洪琇菁
責任編輯／路克
企劃宣傳／邱小祐・劉宜蓉
協理／陳君平
國際版權／林孟璇・劉惠卿
美術編輯／李政儀
文字校對／許煒彤

出版／城邦文化事業股份有限公司 尖端出版
台北市中山區民生東路二段一四一號十樓
電話：（〇二）二五〇〇七六〇〇 傳真：（〇二）二五〇〇二六八三
E-mail：7novels@mail2.spp.com.tw
發行／英屬蓋曼群島商家庭傳媒股份有限公司城邦分公司
尖端出版 行銷業務部
台北市中山區民生東路二段一四一號十樓
電話：（〇二）二五〇〇－七六〇〇（代表號）
傳真：（〇二）二五〇〇－一九七九
讀者服務信箱：sandy@spp.com.tw
北部經銷／祥友圖書有限公司
電話：（〇二）八五一二－三八五一
傳真：（〇二）八五一二－四二五五
中彰投以北經銷／高見文化行銷股份有限公司
電話：〇八〇〇－〇五五－三六五
傳真：（〇四）二六六八－六二二〇
雲嘉經銷／智豐圖書股份有限公司 嘉義公司
電話：（〇五）二三三－三八五二
傳真：（〇五）二三三－三八六三
南部經銷／智豐圖書股份有限公司 高雄公司
電話：（〇七）三七三－〇〇七九
傳真：（〇七）三七三－〇〇八七
一代匯集／香港九龍旺角塘尾道六十四號龍駒企業大廈十樓B&D室
電話：（八五二）二七八三－八一〇二
傳真：（八五二）二七八二－一五二九
新馬經銷／大眾書局（新加坡）POPULAR（Singapore）
E-mail：feedback@popularworld.com
大眾書局（馬來西亞）POPULAR（Malaysia）
E-mail：popularmalaysia@popularworld.com
法律顧問／王子文律師 元禾法律事務所
台北市羅斯福路三段三十七號十五樓
二〇一六年十月一版一刷

■中文版■

郵購注意事項：
1. 填妥劃撥單資料：帳號：50003021戶名：英屬蓋曼群島商家庭傳媒(股)公司城邦分公司。2. 通信欄內註明訂購書名與冊數。3. 劃撥金額低於500元，請加附掛號郵資50元。如劃撥日起 10～14日，仍未收到書時，請洽劃撥組。劃撥專線TEL：(03) 312-4212 ・ FAX：(03) 322-4621。E-mail：marketing@spp.com.tw

國家圖書館出版品預行編目資料

國王遊戲 深淵8.08 / 金澤伸明著；許嘉祥譯.
— 1版. — 臺北市：尖端出版，2016.10
面：公分. —（逆思流）
譯自：王様ゲーム 深淵8.08
ISBN 978-957-10-6907-4（平裝）

861.57　　105015181